令嬢はまったりを
ご所望。1

三月べに

Beni Mitsuki

RB

レジーナ文庫

登場人物紹介
シゼ
獣人傭兵団のボス。獅子の姿を持ち、毛並みは純黒。寡黙《かもく》で強面《こわもて》だが、心根は優しい。
ローニャ
とある小説の世界に、悪役令嬢として転生した少女。小説の筋書き通り婚約破棄された後、第二の人生をまったり過ごすべく、田舎街で喫茶店を始めた。
セナ
獣人傭兵団の一人。ジャッカルの姿を持ち、毛並みは緑色。読書が趣味で、面倒見が良い。
ロト
蓮華の妖精。甘いものが大好き。

ラクレイン
鳥に似た姿を持つ幻獣。ローニャと契約している。
シュナイダー
ローニャの婚約者。けれどミサノに心移りして――？
ミサノ
小説の主人公《ヒロイン》。ローニャを敵対視している。
チセ
獣人傭兵団の一人。狼の姿を持ち、毛並みは青色。ステーキが大好物でとても野性的。
リュセ
獣人傭兵団の一人。チーターの姿を持ち、毛並みは白色。容姿端麗でツンデレ担当。

目次

令嬢はまったりをご所望。1

第1章 ❖ 奇跡をご所望。

1　悪役令嬢の初恋。

かつて私は、息つく暇もないほど忙しい日々を過ごしていた。

学生の本分は、学ぶこと。社会人の本分は、働くこと。

勉強に仕事――気が付くといつも時間に追われていた気がするけれど、社会人になってからは学生時代以上にせわしなかった。

朝早く起きて職場に行き、くたくたになるまで仕事をして、夜遅くに帰宅する。その繰り返し。次第に頭がぼんやりすることが多くなり、眩暈《めまい》に襲われることもあった。

そんな中、唯一の楽しみはネット小説を読むことだった。

もっとも、ゆっくり読んでいる時間なんてない。だから通勤の時間や眠る前の短い時間、時には簡単な料理を作りながら、あるいは食事をしながら、ネット小説を読み漁《あさ》っていた。

そしてあの日、私はある短編小説を見つけた。

ストーリーは、主人公《ヒロイン》ミサノが悪役令嬢ローニャを打ち負かし、ローニャの婚約者を奪ってしまうというもの。

――主人公は、どんなふうに悪役令嬢から婚約者を奪うのだろう。

そんな好奇心から、私はその短編小説を読み進めた。

ヒロインは男爵令嬢、悪役は伯爵令嬢。冒頭から二人の攻防がはじまり、熾烈《しれつ》な戦いが繰り広げられる。

伯爵令嬢はもちろん意地の悪いキャラクターだけど、男爵令嬢もなかなか攻撃的なキャラクターだった。悪役である伯爵令嬢を自《みず》ら返《かえ》り討《う》ちにしようとするのだ。

その結果、悪役令嬢は公衆の面前で悪事を暴《あば》かれ、婚約者を奪われ、エリート達の集《つど》う学園からも追放される。一方、ヒロインは想い人と結ばれてめでたしめでたし。

小説を読み終えた私は、思わず首を傾げた。ネット上ではとても人気のある作品みたいだけれど、私の好みではなかったから。

誰かを攻撃したり、それに対して仕返しをしたり……そういう行為の繰り返しは、疲れるだけだ。もっと平和的な解決策はあると思う。もっとも、それだと物語は盛り上がらないだろうけれど。

そんなことをつらつらと考えていた時、いつもの眩暈《めまい》に襲われ、その場に倒れてしまった。

意識が遠ざかる中、ふと、このまま死ぬのかもしれないと思う。

……まぁ、いいか。

もう疲れきってしまった。起き上がる気力なんてない。

私は、充分頑張って生きたもの。

思えば、苦しい人生だった。

苦しい時間ばかりで、幸せな時間はちょこんとあるだけ。

もしも来世があるのなら、もっとまったり過ごしたい。幸せな時間を多く持てる、豊かな人生を過ごしたい。

そして私は目をつぶり……再び目を覚ますことはなかった。


――まったり過ごしたい。

その願いを抱えたまま、私は生まれ変わった。それも、死の直前に読んでいた短編小説の世界の登場人物に。

今世での私の名は、ローニャ・ガヴィーゼラ。そう、悪役令嬢であった伯爵家の娘だ。光のあたる角度によって淡いスカイブルーにも輝く白銀の髪と、青い瞳の持ち主。

この世界で初めて鏡を見た時、あまりにも西洋的な外見で、不思議な気分だった。自分じゃないみたいで、今でもあまり実感が湧かない。

外見の話はさておき、私が生まれたガヴィーゼラ家は、貴族の中でも大きな力を持つ家だ。王都の東南地区フィオーサンを管理していて、『王都東南の支配者』とも囁《ささや》かれている。

跡継ぎは兄に決まっているけれど、私も伯爵令嬢として、物心がついた頃からさまざまな教育を受けてきた。

乗馬やダンスはもちろん、貴族の作法や社交界における決まりについても、頭に叩き込まれた。

最初のうちは、貴族の家に生まれたのだから当然だと、必死に励《はげ》んだ。

だけど幼心《おさなごころ》に、もう少しゆっくりする時間が欲しいと思った。もっと、ゆとりのある生活を送りたい。

七歳になった日、思い切って母親にそのことを話してみたら――

バチンッ！

――平手で頬を叩かれ、私の小さな体は絨毯《じゅうたん》の上に倒れた。

「なんて怠《なま》け者なの！　本当にわたくしの娘!?」

母からそう罵《ののし》られ、私は心の底から怯《おび》えた。

その場に居合わせた五歳上の兄までも、蔑《さげす》むような眼差《まなざ》しで私を見下ろしていた。

……きっと、子どもらしく遊ぶ暇もないくらいお稽古《けいこ》に精を出すことが、貴族の普通なのだ。ゆっくりする時間が欲しいだなんて、言っては駄目なのだ。

けれど……私は今世でもこんな生活を送らなくちゃいけないのか。

これでは、前世の二の舞だ。

それなら、貴族なんてやめてしまいたい。今すぐこの家を飛び出してしまいたい。

そう思いながらも家を出なかったのは、幼い子どもが一人で生きていけるとも思えなかったから。それに、祖父の存在が大きい。両親と兄には温かみを感じなかったけれど、祖父はとても優しかった。

祖母を病気で亡くしてすぐに、祖父は引退を決め、爵位を私の父に譲った。そして隠居生活を始めたのだが、貴族社会の中ではまだ影響力を持っている。

祖父は時折、私に会いに来てくれた。するとお稽古《けいこ》の時間はいつもより早く終わり、祖父と一緒にのんびりする時間をもらえた。

それは、せわしない私の日々の中で、唯一やすらげる時間だった。

あぁ、いっそのことお祖父様《じいさま》に泣きついて、一緒に隠居生活をさせてもらいたい。

本気でそう考え始めた九歳のある日、私の結婚相手が決まった。

王弟殿下のご子息、シュナイダー・ゼオランド。

互いの利益のために、親同士が決めた縁談だ。

王弟殿下は公爵位を賜《たまわ》って臣籍《しんせき》に下ったけれど、王族に連なる方。そのご子息との結婚が決まった以上、私が祖父と隠居生活を送る道は閉ざされてしまった。

シュナイダーは私と同い年。そしてゼオランド家の方々は、近い未来、私が美しい女性に成長することを期待しているらしい。

私はその話を、顔に笑みを貼り付けたまま聞いていた。

つまり彼は、隣に見映《みば》えの良い女性を置きたいだけなのだろう。彼にとって私は、お飾りに過ぎない。そして私は、そんな彼の期待に応《こた》えるべく、これからもお稽古《けいこ》に励《はげ》まなければならないのだ。

一瞬、目の前が真っ暗になったけれど、よく考えてみたらここは小説の世界だ。

彼は将来、私と同じ学園に通い、ヒロインである男爵令嬢と恋に落ち、私に婚約破棄を突き付ける。

そうだ、その運命を受け入れたら、私は自由になれる。

婚約破棄され、学園からも追放されるということは、もちろんガヴィーゼラ伯爵家からも追い出されるだろう。その時のために、事前に祖父にも相談して準備をしておけば……その後は、ゆったりとした日々を過ごせるに違いない。

小説では、十六歳の時に婚約破棄をされた。

つまり、十六歳になるまでの我慢だ。我慢していれば、我慢さえしていれば、必ず……

私は祖父にもらった砂時計を見つめながら、自分にそう言い聞かせた。

硝子製《ガラスせい》のシンプルな砂時計には、緑色の綺麗な砂が入っている。まるでエメラルドかペリドットの宝石を砕いたみたいな砂は、美しい光をまといながら、サラサラと落ちていく。

その砂をじっと見つめていて、ふと思った。

本当に我慢するだけでいいのだろうか？

あと七年は、とても長い時間だ。砂時計にしたら、何度ひっくり返す必要があるだろう。あるいは七年の時をはかる砂時計を作ったら、どれほどの砂が必要なのだろう。

きらきらと輝く宝石のような砂を見つめながら、想像した。

……もったいない。

それほどの時間を我慢に費《つい》やすなんて、もったいない。

ならば、もう少し早く婚約破棄してもらうのはどうだろう。

前世で読んだ小説の中にも、あったじゃないか。悪役として転生してしまった主人公が、運命を変えるためにあがく物語。

できることなら穏便に婚約を白紙に戻したいけれど、それは難しいと思う。だから、前世で読んだ小説の主人公みたいに、シュナイダーに嫌われるよう振る舞ってみよう。

そう心に決めたのに……

初めて会ったシュナイダーは、意外な言葉を口にした。

「親同士が決めた政略結婚だが、君と愛し合いたい。だから、一緒に愛を育《はぐく》もう」

まだ幼い彼は、大人顔負けの真剣な表情で、手を差し出してきた。

彼の言葉と態度に、私は目を丸くする。

彼が求めていたのは、お飾りの令嬢ではなかったのか。

真意を確かめるように彼の瞳を見つめると、優しく微笑んでくれた。

あぁ、彼は嘘をついていない。政略結婚の相手としてではなく、ちゃんと愛し合うために、私を見ようとしてくれている。

――もしかしたら、この先待っているのは小説と同じ運命ではないのかもしれない。

何事もなく学園を卒業してシュナイダーの妻になり、仲の良い夫婦になる。

それは、決して悪くない未来だと思えてくる。

シュナイダーに愛してもらえる未来を想像すると……窮屈《きゅうくつ》でせわしない貴族生活にも耐えられる気がする。

小さな期待が、芽生えた瞬間だった。


――まったりしたい。

ある日私は、ずっと抱えてきた願望をシュナイダーに打ち明けた。

彼は怒ったり呆れたりせず、「ローニャは充分、頑張っている」と労《ねぎら》いの言葉までくれた。嬉しくて嬉しくて、気が付くと涙が流れていた。

シュナイダーが我が家を訪問する日は、当然お稽古《けいこ》はお休み。彼は、王弟殿下――もといゼオランド公爵のご子息だもの。お稽古《けいこ》より優先すべき方だ。

彼がやってくると、私は人目がないことを注意深く確認しつつ、部屋のソファや庭の芝生でだらんとした。

すると、彼は決まってこう言う。

「オレと会う時間をお昼寝に使わないでくれ、ローニャ」

「……」

「……もう眠ったのか？　ローニャ？」

「……スピー」

「寝たフリじゃないか！」

やれやれと呆れたように、肩をすくめるシュナイダー。けれど彼は、私がくつろぐのを許してくれる。とても嬉しい。

一緒に過ごしている時は、他愛のない話ばかりをした。

好きなものや嫌いなもの。十二歳から入学する学園のこと、そこで学ぶ魔法のこと。

彼と過ごす時間は決して長くはなかったけれど、穏やかに温かに過ぎていった。

シュナイダーと会う時には、手作りのお菓子を用意して私がコーヒーを淹《い》れている。

そうするようになったのは、ある出来事がきっかけだ。

その日、私とシュナイダーは伯爵家の一室で、いつものようにのんびり過ごしていた。

ただし、護衛も兼ねた世話係の青年が控えているから、あまりだらしない姿は見せられない。

私は青年の淹《い》れてくれたコーヒーに手を伸ばした。けれどそのコーヒーは味が濃すぎて、私の口には合わなかった。とはいえ、淹《い》れ直してもらうのも申し訳ない。だから私は、自分で淹《い》れ直すことにした。すると――

「もっ、申し訳ございませんっ……ローニャお嬢様!!」

世話係の青年が真っ青になって頭を下げる。

「いいえ、謝らなくとも私は――」

「申し訳ございません!」

「……」

私の言葉を遮《さえぎ》って謝罪する青年に、私は困惑する。別に怒っているわけじゃないのに。

「ほ、他の方々のようにうまくできず……本当に申し訳ございません」

青年はそう言って跪《ひざまず》く。

他の方々というのは、他の使用人達のことだろうか。そういえば、ガヴィーゼラ家の使用人は完璧な者ばかりだ。それもあり、彼は緊張してうまく仕事をこなせていないのかもしれない。

震えながら謝り続ける青年を前に、シュナイダーは唖然としていた。

「……ローニャ、まさか君は他人に厳しいのか？」

「違いますわ、シュナイダー」

どちらかというと、私は他人にも自分にも甘いと思う。

何はともあれ、使用人の青年は責任を感じすぎてしまう人だったらしい。私が余計なことをしたばっかりに、申し訳ない。

その後、青年はガヴィーゼラ伯爵家を辞めてお詫びをするとまで言い出した。そんな彼を止めることはできなかったけれど、こっそり祖父に頼み込み、祖父の家の使用人として雇い直してもらった。

一方の私は、この出来事を機に、自分でコーヒーを淹《い》れるようになったのだ。せっかくだからお菓子も作ってみたいと思い、ガヴィーゼラ伯爵家の料理人に作り方を教わったりもした。

そんな私を見て、家族は眉をひそめていた。けれどシュナイダーが「オレが頼んだのです」とフォローしてくれたおかげで、彼が来ない日にもお稽古《けいこ》以外の時間を持てるようになった。

決して蔑《ないがし》ろにはできない婚約者様が望んでいるのだから、家族だって無下《むげ》にはできない。

コーヒーや紅茶の淹《い》れ方、お菓子の作り方を学び、試行錯誤する。その時間は私にとって、とても楽しいものだった。

そして私が振る舞う飲みものとお菓子を、祖父もシュナイダーも気に入ってくれた。


やがて私とシュナイダーは十二歳になり、エリートが集《つど》う学園――サンクリザンテ学園に入学した。

貴族の子息令嬢は、皆その学園に通う。

入学の少し前から、私には鬼軍曹《おにぐんそう》のような家庭教師がついた。そして血反吐《ちへど》を吐きそうなほど勉強をさせられ、結果、入学後の試験では女子で学年一の成績をおさめた。

その後の試験でも、私はずっと一位を維持している。

けれど、家族はそのことについて何も言わなかった。むしろ、一位以外はありえないと思っているらしい。両親も兄も、学園で一位を取ったことなんてないのに。

それでも、一位から転落すれば、ガヴィーゼラ家の恥さらしと罵倒《ばとう》されるに違いない。

家族が私に向ける目は、そう物語っていた。

二年生になると、私は寮生活を始めた。学園を首席で卒業するため、寮で学業に励《はげ》みたいと家族を説得したのだ。

学園では、ひたすら勉学に励《はげ》む日々を過ごした。

学園での授業に加え、母親から課せられたさまざまなお稽古《けいこ》もある。前世の学生時代より忙しかったが、厳しすぎる家族と顔を合わせずに済む分、心に余裕ができた。魔法の授業はとても楽しいし、寮生活にも満足していた。

それに、シュナイダーとも良い関係を築けている。

ある日の穏やかな昼下がり。

暖かい陽が射す温室の庭園で、私とシュナイダーはベンチに並んで座っていた。

香り豊かなコーヒーを楽しんでいると、シュナイダーが真剣な表情を浮かべた。

「ローニャ」

きらびやかな金髪に、アーモンド型の青い目。彼は、おとぎ話に出てくる王子様のようにかっこいい。

シュナイダーは私の手からコーヒーカップを取りテーブルに置くと、ギュッと両手を握りしめてきた。

「キスをしよう」

熱を帯びた青い瞳で見つめられ、私は一瞬呆《ほう》けてしまう。

——親同士が決めた政略結婚だが、君と愛し合いたい。だから、一緒に愛を育《はぐく》もう。

シュナイダーはその言葉の通り、私のことをとても大切にしてくれた。

やがて私達は手を繋いだり腕を組んだりするようになり、最近は手の甲や頬にキスをされるようになった。

けれど……今、シュナイダーが求めているのは、唇へのキスだ。

「それは……卒業後にしようって決めたはずでしょう？　私達はまだ十三歳よ」

「キスだけだ。嫌か？」

彼の真摯《しんし》な眼差《まなざ》しに、心が揺れる。

シナリオ通りの未来が訪れるのだとしたら……拒むべきだと思う。

だけどシュナイダーは、こんなにも私を見てくれて、愛そうとしてくれている。そんな彼を信じたい気持ちもあった。

シュナイダーが、私をハッピーエンドに導《みちび》いてくれる。

私はそう信じて、彼のキスを受け入れることにした。

一度深呼吸をして、ゆっくりと目を閉じる。

想像以上に緊張した。心臓はバクバクと高鳴り、体は強張《こわば》っている。

「ローニャ……愛してる」

シュナイダーの唇と私の唇が重なる。

そっと瞼《まぶた》を上げると、少し頬を赤らめて満足そうに微笑むシュナイダーの顔が目に映った。私は彼に微笑み返す。

――それは、奇跡があると信じていた私の初恋で、ファーストキスだった。


十四歳になり、学園での生活はますます忙しくなった。

私とシュナイダーは三年生。六年生で卒業するから、ちょうど折り返し地点だ。

貴族の子息令嬢が六年間を過ごすサンクリザンテ学園は、街の中心地に建っている。さながら純白の宮殿のように美しい建物で、王城からもほど近い。王都の建物は、王城と学園を囲むように建てられていた。

寮と学園を往復するばかりだった私の生活は、少しずつ変わり始めている。王城で開催されるパーティーへの招待が増えたのだ。

王城でのパーティーに参列する時は、もちろんシュナイダーと一緒。

きらびやかな会場で、彼とともに挨拶《あいさつ》をして回る。すると決まって、『サンクリザンテ学園始まって以来のエリートカップル』だと褒めそやされた。

シュナイダーも私も、学園に入学してから学年一位の成績を維持しているのだ。

けれど……家族は、私のことを絶対に認めてくれない。

パーティー会場では、家族と顔を合わせることもあった。彼らは、周囲の人々から褒められる私を見ても、無表情だ。

両親は「当然だ」と言い、兄は「女子生徒の中で一位を取ることなど簡単だろう」と吐き捨てる。

そんな中、引きつった笑みを浮かべる私に、シュナイダーは言う。

「君は偉業を成し遂げた。誇っていいんだよ、ローニャ」

彼は、いつも私を優しく励《はげ》ましてくれた。だから私は、穏やかな気持ちを取り戻して微笑みを返す。

シュナイダーが理解してくれるなら、それでいい。それだけでよかった。


十五歳になると、シュナイダーとの結婚の話が具体的に進み始めた。

シュナイダーの強い希望もあり、私達は卒業後すぐに結婚をすることとなったのだ。

それまでは学園で、カップルとして扱われていた私達。

けれどシュナイダーは私をはっきりと婚約者と呼ぶようになり、周囲もそう扱うようになった。

そんな中、ついにその日がやってきた。

シュナイダーが、小説の主人公《ヒロイン》と出会う日。

もしかしたら小説のような結末にはならないのかもしれない。そう思っていた私だけれど、彼は彼女と出会ってしまった。

男爵令嬢ミサノ・アロガ。

美しい黒髪と、黒い瞳を持つ美人。群れることを好まない、孤高なタイプの女子生徒だ。

シュナイダーは、授業を通して彼女とペアになった。

気さくな彼らしく、ミサノ嬢に積極的に話しかけて、あっという間に打ち解けた。

ツンとした表情が多いミサノ嬢だが、シュナイダーとはやわらかい表情で話をしている。

小説通り、ミサノ嬢は彼を好きになったのだろう。

シュナイダーは、はっきり言ってモテる。

なんでもそつなくこなすし、王弟殿下の息子ながら驕《おご》ったところもない。周囲からの信頼も厚く、皆から好かれていた。

一方の私は……仲の良い友人が少しいるくらいで、皆から好かれているわけじゃない。

そして勉強漬けな日々の中、隙あらば休んでだらんとしている。

シュナイダーはそんな私にちょっと呆れていたけれど、いつも甲斐甲斐しく世話を焼いてくれた。時には、眠ってしまった私を横抱きにして運んでくれることもある。

いつも優しくて、私を理解しようとしてくれるシュナイダー。

けれど、彼は少しずつ変わっていく。

私達は、十六歳になった。

小説で、私が婚約を破棄され、学園から追放される年だ。

大丈夫、きっと大丈夫。

そう思っていたものの、不安はちょっとずつ膨《ふく》らんでいく。

この頃は、授業以外でもシュナイダーとミサノ嬢が一緒にいるところをよく見かける。

ただ、シュナイダーは私を見つけると、すぐに会話を切り上げてこちらに来てくれた。

そのたびに、ミサノ嬢から睨《にら》まれる。

もともと彼女は、私をライバル視していたらしい。

ミサノ嬢は入学以来、女子で学年二位を維持している。家庭教師はついておらず、学園の授業と自身の努力のみで頑張っているようだ。事実、彼女は才能に溢《あふ》れていて魔法の腕も良い。

おそらく私より彼女のほうが優秀なのだと思う。けれど私は、学園に入学する前から鬼軍曹《おにぐんそう》のような家庭教師にしごかれてきた。その貯金もあり、今のところ女子の学年一位は私だ。

彼女にとって私は、ただでさえ目障りなのに、想い人《シュナイダー》の婚約者でもある。ますます嫌いになったっておかしくない。

私は、あまり彼女を気にしないように過ごしていた。

大丈夫。シュナイダーの心にいるのは、私だから。


――ある日、私は重い本を何冊も抱えて学園の廊下を歩いていた。授業で使用した資料を図書室まで返しに行くところだ。

そして階段に差しかかった時、廊下を駆けていく生徒とぶつかりそうになり、思わず本を落としてしまった。

重い本は鈍い音を立てて床に散らばり、そのうちの一冊が階段から落ちていく。

私は慌ててその本を追いかけ、階段を下り切ったところで拾おうとした。……するとそこには、ミサノ嬢が立っていた。

落ちていく本に気を取られて気が付かなかったが、あやうく、彼女に本がぶつかってしまうところだった。

彼女は険しい表情を浮かべている。

私は申し訳なく思いつつ、令嬢スマイルを浮かべる。

「ごめんなさい。わざとじゃなくてよ」

貴族令嬢としての対応は、これで間違いない。でも、ミサノ嬢はキッとこちらを睨《にら》み付けた。

……少し鼻につく言い方だっただろうか。

もしかするとミサノ嬢は、私がシュナイダーと彼女の仲を妬《ねた》んで嫌がらせをしたと思っているかもしれない。

もう一度謝ろうか迷っているうちに、彼女はそっぽを向いて立ち去ってしまった。

――そして別の日。

魔法の授業の最中に、ある生徒が魔法を暴走させた。

「ローニャ！」

バチバチと嫌な音を立てる魔力の塊《かたまり》が私に向かって飛んでくる。

こちらに駆け寄ろうとするシュナイダーを横目に、私はその魔力の塊《かたまり》を魔法で撥《は》ね返した。すると魔力の塊《かたまり》は、運悪くミサノ嬢のすぐそばで弾《はじ》けた。危うくミサノ嬢に当たるところだった。私はまたも睨《にら》まれてしまう。

……わ、わざとじゃなくてよ。

魔法を暴走させた生徒はこっぴどく叱られ、その後は普通に授業が進められた。

そして最後に魔法対決をすることになったのだけれど――私の対戦相手はミサノ嬢だった。

成績がかかっているので、私は全力を出して彼女に対峙する。

結果は私の勝利。ミサノ嬢は、ものすごい形相でこちらを睨《にら》んでいた。

……こ、これはしょうがないでしょう？

ちなみに、これらの出来事はすべて小説に描かれていた内容と同じ。

つまり、私に悪意なんてこれっぽっちもないのに、ミサノ嬢への嫌がらせになってしまったのだ。

私が何もしなくても、小説の結末に向かっていっているような気がする。

不安は、どんどん膨《ふく》れていった。

『王都東南の支配者』ガヴィーゼラ伯爵家の一人娘となれば、さまざまな人達が寄ってくる。そのうえ私は、王弟殿下のご子息と婚約している。

友人と呼べる人は少ないものの、私には取り巻きの令嬢が多かった。彼女達は、よく私をお茶に誘ってくる。いつの間にか、学園内に私専用のお茶会スペースまで用意されていて、驚いたほどだ。

今日も、何人かの令嬢に誘われて、そのお茶会スペースにやってきた。

吹き抜けの空間の一階に作られた、サロンのようなスペース。そばには螺旋《らせん》階段があり、二階、三階の渡り廊下に繋がっている。

本当は一人でのんびりしたいけれど、将来のことを考えると、彼女達との交流も重要だ。

窓から優しい陽射しが入る部屋で、私は飲みものとお菓子の準備をする。

初めは私がお茶の準備をすることに恐縮していた令嬢達も、今では慣れっこだ。

ご令嬢達は、流行《はや》りの紅茶を好む。私は彼女達に紅茶を振る舞い、自分にはコーヒーを淹《い》れた。

「ねぇ、ローニャ様。ミサノ嬢のことなのですけれど、最近シュナイダー様に馴《な》れ馴《な》れしくありません？」

「ローニャ様、彼女には一度、身の程を教えて差し上げるべきではなくて？」

今日の話題は、ミサノ嬢について。

穏やかな昼下がり、美しく着飾った令嬢達は、優雅な仕草で紅茶を楽しみ、美しく微笑んでいる。なのに、彼女達の口から零《こぼ》れ落ちたのは、とても物騒な言葉だ。

「きっとミサノ嬢は、シュナイダー様を奪おうと目論《もくろ》んでいるのですわ。ローニャ様、早々に釘を刺しておきましょう？」

可愛らしく微笑みながらそう提案してくる令嬢に、私は微笑みを返した。

「そんな必要、ありませんわ」

私が答えると、令嬢達は感心したような表情を浮かべる。

「まぁ。ローニャ様は、いつも冷静でいらっしゃるのね」

「本当、素敵ですわね」

「ねぇ、それより今日の紅茶も美味《おい》しいですわ」

「ええ、このお菓子も」

すぐに話題が変わったことにホッとする。けれど次の瞬間――

頭上から黒い物体がボトボトと落ちてきた。

「きゃあっ!!」

令嬢達は口々に悲鳴を上げる。

テーブルの上の黒い物体をよく見ると、それは拳大《こぶしだい》ほどの蜘蛛《くも》だった。

「いやああ!!」

令嬢達は、青ざめた表情で慌てふためいている。

一方の私は、まったく平気。黒光りするイニシャルGの虫以外は、怖くない。

むしろ目の前にいる蜘蛛《くも》達は、ぷっくりした体とクリンクリンした目が可愛らしい。

ふと上を見上げると、二階の渡り廊下にミサノ嬢の姿を見つけた。

彼女は勝ち誇ったような表情で去っていく。

……犯人は、彼女か。

やがて令嬢達も、バタバタとこの場からいなくなってしまった。よほど蜘蛛《くも》が怖かったらしい。

コーヒーを啜《すす》りながら蜘蛛《くも》達を観察していると、背後から爽やかな声が聞こえた。

「やぁ、ローニャ嬢！　今日のお茶会は一人かい？」

振り返った先にいたのは、ヘンゼル・ライリー。サラサラと揺れる長い金髪を、後ろで一つに束《たば》ねている。

ライリー家は手広く商売を営《いとな》んでおり、その成功によって数年前に男爵位を得た。

ヘンゼルはライリー家の長男で、父親の仕事を手伝いながら商売の勉強をしつつ、この学園で貴族としての振る舞いも学んでいる。

無邪気な性格で、誰にでもフレンドリーに接するヘンゼル。

彼はシュナイダーの良き理解者であり、私の数少ない友人の一人だ。

ヘンゼルは私のコーヒーを気に入ってくれていて、時々飲みに来てくれることもある。

私にはもう一人、大切な友人がいるのだけれど……彼女は五年生に進級したと同時に、休学してしまった。国外で仕事をされているご両親に、付いていくことになったのだ。

一人でお茶会をしているのか、というヘンゼルの問いかけに、私は曖昧《あいまい》な笑みを返した。

すると彼は、テーブルの上に目を向ける。

「……蜘蛛《くも》？　風変わりなお茶会を試しているところかい？」

翡翠色《ひすいいろ》の目を見開き、首を傾げているヘンゼル。

「可愛らしいでしょう？」

私は笑ってそう誤魔化した。

天然な彼も深くは追及せず、「そうだね」と笑い返して向かい側の椅子に座る。

私はヘンゼルのために、コーヒーを一杯淹《い》れた。

「んー、ローニャ嬢のコーヒーは最高だ。ねぇ、これで商売する気はないのかい？」

「お金を取るほどのものではないですわ」

「いやいや、オレならお金を払ってでも飲みたいよ」

ヘンゼルは、にっこりと笑って言う。その人懐っこい笑みから、彼がお世辞ではなく本心で言っているのだと伝わってきた。

だから私も、心からの笑みを返す。

——確かに、こんなふうにコーヒーを淹《い》れるお仕事なら、是非ともやってみたい。

令嬢なんてやめて、こぢんまりとした喫茶店を開くのはどうだろう？

それなら、今よりまったりできそうだ。

ぼんやりそんなことを考えていると、ヘンゼルがいつもより静かなことに気が付いた。

常ならば、楽しい話題を次から次へと話してくれるのに。

「……ヘンゼル様？」

彼は、テーブルの上をじっと見つめている。そこには、飲みかけの紅茶や食べかけのお菓子があった。先ほどの令嬢達のものだ。

ヘンゼルは、優しい眼差《まなざ》しをこちらに向ける。

「ローニャ嬢、オレのことはヘンゼルでいいよ。……それより、この蜘蛛《くも》。もしかして……嫌がらせかい？」

「……」

私はとっさに目を逸《そ》らす。

「大丈夫なのかい？」

ヘンゼルは、心配そうな表情を浮かべてこちらを覗《のぞ》き込んでくる。だから私は、にっこりと笑ってみせた。

「……可愛い蜘蛛《くも》ですわ」

けれど、ヘンゼルは浮かない表情のままだ。

彼は、私の手によじのぼってきた蜘蛛《くも》を、そっと手に取った。

「確かに可愛い蜘蛛《くも》だけど……何かあった時には、シュナイダーを頼るんだよ？」

「……心配してくれてありがとう、ヘンゼル」

私が礼を言うと、ヘンゼルはようやく笑い返してくれた。


その夜のこと。

寝支度を済ませた私のもとに、シュナイダーが訪ねてきた。

「ローニャ……君がミサノ嬢に嫌がらせをしているというのは本当かい？」

彼に尋ねられて、私はハッとする。

そういえば、小説にもこんなシーンがあった。ミサノ嬢は、ローニャに嫌がらせをされたから反撃したとシュナイダーに自《みず》ら話す。シュナイダーは驚き、ローニャに真意を確認して必ず彼女を止めるとミサノ嬢に約束するのだ。

「……シュナイダー。私が誰かに嫌がらせをするはずないでしょう？」

そう答えると、シュナイダーは納得のいかないような顔で口を開く。

「最近ミサノ嬢と親しくなったが、オレは浮気をしているわけではないぞ」

「……わかっています。嫉妬《しっと》して、ミサノ嬢に嫌がらせをすることなんてありませんわ」

「しかし、君は……以前、護衛を辞めさせたこともあるし……」

なおも食い下がるシュナイダーに、私はショックを受けた。

彼の言う護衛とは、我が家を辞めて祖父の家で働いている青年のことだ。あれは私が辞めさせたわけではないのに……

「……彼は、責任を感じすぎて辞めてしまっただけですわ」

「……」

シュナイダーは、戸惑っている様子だった。

私のことを疑っているのだろう。些細《ささい》なことで、他人にひどい仕打ちをする令嬢なのかもしれないと。

長い間、一緒に過ごしてきたのに、私のことを誰より見てくれていたのに……彼は今、疑心を抱いている。

「……信じて、シュナイダー」

私は両手で彼の頬を包み込み、祈るように告げた。

「ミサノ嬢の誤解よ、私は嫌がらせなんてしていないわ。お願いだから信じて」

するとシュナイダーは肩の力を抜き、ようやく笑みを見せてくれた。

「信じるよ……ローニャ」

――けれど、私にはわかってしまった。

今は信じてくれているけれど、シュナイダーの心は私から離れていく。

初恋が色褪《いろあ》せていくのを、感じた。希望が、絶望の色に染まっていく。

一人になった部屋の中で、私は祖父にもらった砂時計をひっくり返した。緑色の砂は、宝石のようにキラキラ輝いている。

落ちていく砂を眺めながら、ぼんやりとする。

その時ふと、こぢんまりとした喫茶店を営《いとな》む自分の姿が浮かんだ。

……運命を受け入れる準備を始めよう。

幸せな初恋の時間は、もう終わり。

九歳の頃、この砂時計を見つめながら、七年はとても長い月日だと考えていた。けれど、今思えばあっという間だったかもしれない。

やがて美しい砂は、すべて下に落ちてしまった。私は砂時計をひっくり返すことなく、明かりを消して瞼《まぶた》を閉じたのだった。

2　役目の終わり。

幸せな時間の終わりを感じた日の翌日。

私は祖父に会いに出かけた。彼は、王都の隅っこにあるお屋敷で、ひっそりと暮らしている。

「ロナードお祖父様《じいさま》」

「ローニャ、来てくれて嬉しいよ」

胸に飛び込めば、祖父は両腕で優しく抱きしめ返してくれる。

祖父は居心地の良さそうな居間に私を案内し、チェアに腰かけた。私は祖父の足元に座り込み、近況報告をする。

新しく覚えた魔法、最近読んで面白かった本の内容、そして契約した精霊のこと。

この世界には精霊や聖獣《せいじゅう》、幻獣《げんじゅう》、妖精がいる。彼らは人間に『頼みごと』をしてきて、それを叶えると力を貸してくれる。頼みごとの内容はさまざまだ。

彼らと契約すると、力を貸してほしいとこちらからお願いできるようになるし、逆に彼らの頼みごとを叶える場合もある。

ちなみに契約というのは思いのほか簡単にできるもので、貴族の多くは、一度は精霊と契約したことがある。というのも、サンクリザンテ学園で昔から行《おこな》われている試験に、魔法契約の試験があるのだ。

一度契約をすると、精霊達は気ままに頼みごとをしてくる。何かと忙しい貴族達がそれらすべてを叶えるのは難しく、試験が終わると、ほとんどの貴族は契約を破棄してしまう。

けれど、私は契約を破棄しなかった。

幸いそこまで多く頼みごとはされなかったので、契約している精霊とはいい関係を築けている。

「……ローニャ。何か頼みたいことがあるんだろう？」

おもむろに、祖父がそう切り出した。

温かい微笑みを浮かべて、私を促《うなが》すように首を傾げる。

……お祖父様《じいさま》には、バレバレだったみたい。私は、おずおずと口を開いた。

「もし……シュナイダーに婚約破棄されたら……私はガヴィーゼラ家を追い出されますよね？」

祖父の膝に手を置いて、なるべく明るい口調で問いかける。

「シュナイダー君と、うまくいっていないのかい？」

心配そうな表情を浮かべた祖父に、私はゆっくりと頷く。

「……だめになると思うの」

そんなつもりはなかったのに、思いのほか沈んだ声になってしまった。

「シュナイダーのためなら、頑張れるって思っていたけれど……きっと、だめになるわ」

シュナイダーが認めてくれたから、サンクリザンテ学園でも頑張れた。

シュナイダーが褒めてくれたから、前向きになれた。

シュナイダーが支えてくれたから、今まで耐えられた。

けれど――

「……助けてください、お祖父様《じいさま》。私は、どこか遠くでまったりと生活したいのです」

少しの間、まるで考え込むように私の髪を撫《な》でていた祖父は、やがて静かに頷いた。

「わかった、ローニャ」

しわしわの優しい手が私の頬に伸びる。

あぁ、良かった。お祖父様《じいさま》は私の声に応《こた》えてくれた。

唯一、温かく愛してくれる家族。唯一、私が愛している家族。

「ありがとう……愛しています、お祖父様《じいさま》」

——その後、祖父は古い伝手《つて》を使い、こぢんまりとした家を見つけてくれた。国外れの街に建つ、素敵な家だ。

私はそれまでずっと貯めていたお金を渡し、祖父の名義でその家を購入してもらった。

そして学園での暮らしを続けながら、喫茶店について学び始めた。経営については、何気なさを装《よそお》いつつヘンゼルに教えてもらう。材料の仕入れ先について調べたり、コーヒーの淹《い》れ方や料理の仕方を改めて学んだり……

「最近、いろんなお菓子を作ってくれるね！　美味《おい》しいよ！」

「ありがとう、ヘンゼル」

ヘンゼルが頑張っているのは、メープルシロップをかけたクロワッサン。甘さ控えめの、コクの深いラテと一緒にいただく。

この頃、お茶会スペースにやってくるのはヘンゼルだけ。

取り巻きの令嬢達は、蜘蛛《くも》投下事件を機に、ミサノ嬢への反撃で忙しいみたい。彼女達を止めようとしたのだけれど、結局うまくいかなかった。

それだけじゃなくて……最近はシュナイダーも私のそばに来ない。

でも、私はそれに気付かないふりをした。

——やがて、お茶会スペースにはヘンゼルも来なくなった。父親の仕事の手伝いで、しばらく休むことになったのだ。

もう一人の友人も休学中。

私は、ついに一人となってしまった。

この学園に、私の居場所はない。一人でお茶を飲みながら、そう実感したのだった。


この頃、シュナイダーはいつもミサノ嬢と一緒にいる。

私の取り巻きの令嬢達がミサノ嬢にいろいろと嫌がらせをしたらしく、それを阻止するために一緒にいるという。

ミサノ嬢は、とても嬉しそうだった。シュナイダーも、心から楽しそうな笑みを浮かべている。

その時、私は気付いてしまった。

私は確かにシュナイダーのことが好きだったけれど、ミサノ嬢のように彼に好意を向けたことはなかったように思う。

彼に守られて、それに甘えてきた私。

だけど今は自分の未来を考えて、彼から離れる準備をしている。

愛は、一人が心を注《そそ》いでいるだけでは保てない。二人が支え合っていかなくちゃいけないものなのだ。

私は、シュナイダーに支えてもらってきた。でも、シュナイダーを支えようとはしなかった。そして未来のことを一人で決めて、勝手に手を離そうとしている。

……もう、彼とはさよならだ。

ミサノ嬢を攻撃しようと思ったことなど一度もないが、ミサノ嬢の視点では違っていたらしい。彼女の中では、ストーリーが決まっていたみたい。

蜘蛛《くも》投下事件を機に反撃してきた令嬢達を捕まえ、容赦なく拷問したそうだ。もちろん、周りの生徒達には気が付かれないように。

ミサノ嬢の拷問は、肉体を痛め付けるような拷問ではない。おぞましい虫によりひどい目に遭《あ》う幻覚を見せ続けるのだ。

令嬢達は、泣き叫んで許しを乞《こ》うたと。けれどミサノ嬢は、『望む答え』を彼女達が口にするまで許さなかったのだ。

結果、令嬢達は口を揃えて言った。私に指示されて、ミサノ嬢に嫌がらせをしていたのだと。

もちろん、それは真実ではない。だけどそれを指摘する人はいない。

こうしてミサノ嬢の視点では、小説通りのストーリーが進んでいった。

――やがて迎えた、運命の日。

私はミサノ嬢に呼び出され、学園の広間にやってきた。

広間は学園集会にも使用されるため、とても広々としている。

私は、一階にある壇上に立っていた。目の前にいるのは、ミサノ嬢と私の取り巻きの令嬢達。そしてシュナイダーだ。

壇上の前に設けられたスペースには多くの生徒達が集まり、二階席にもその姿が見える。

これから、私の公開処刑が行《おこな》われるのだ。

「ローニャ・ガヴィーゼラ嬢。あなたの悪事、暴《あば》かせていただきます」

ミサノ嬢は、力強くそう宣言した。

真っ赤なドレスを身にまとい、射抜くような眼差《まなざ》しでこちらを見据えている。

赤は、勝利を象徴する色だ。

おそらく彼女は、勝利を確信しているのだろう。

彼女に悪事を暴《あば》かれれば、この学園にはいられなくなる。加えて、貴族社会にも居場

所はなくなるに違いない。仮にそれが無実の罪であっても。

両親と兄は、私を切り捨てる。ガヴィーゼラ家とは、そういう家族だ。

ミサノ嬢は、そこまで考えていないのだと思う。

けれどシュナイダーならば、ガヴィーゼラ家のことをわかっているはずなのに……

ミサノ嬢が私の罪を糾弾《きゅうだん》している間、私はシュナイダーをじっと見つめていた。

彼は、私に嫌悪の眼差《まなざ》しを向けている。私を咎《とが》めるような、幻滅したような視線だ。

今まで向けられたことのない視線に、心が軋《きし》む。

「……身に覚えがございません。濡《ぬ》れ衣《ぎぬ》ですわ」

口からすんなりと出たのは、小説と同じ台詞《せりふ》だった。

ミサノ嬢は、取り巻きの令嬢達に向き直る。

「証拠があります。そうでしょう?」

「は、はい……すべてはローニャ様の指示です」

「ガヴィーゼラ家の伯爵令嬢には、逆らえませんっ」

口々に言う令嬢達。

私に責任を負わせれば、彼女達の罪は軽くなる。彼女達は、決して私と目を合わせようとしなかった。

眉をひそめたくなったけれど、私はそれも受け入れることにした。

そもそも、私だって彼女達を信用していたわけではないもの。私達の間に、信用や信頼関係はないのだ。

「愛ゆえに嫉妬《しっと》に狂ったと、潔《いさぎよ》く認めるべきですよ。ローニャ嬢」

勝利を確信したように、ミサノ嬢は笑みを浮かべる。

彼女からしたら、私は悪なのだ。そして、彼女こそが正義。

「――見損なったぞ、ローニャ」

シュナイダーが一歩踏み出して、口を開いた。

「君とは結婚できない。婚約は破棄させてもらう！」

言い渡される、最後の言葉。

シュナイダーの目の前に、金色の光に包まれた、一枚の紙が現れる。

そして次の瞬間、私の目の前にも同じ紙が現れた。

これは、魔力を使ってサインした魔法の契約書。私とシュナイダーの婚約に関する契約書だ。

シュナイダーが手を振ると、二枚の契約書が引き裂かれた。それらはびりびりに破かれ、金色の光とともに薄れて消えていく。

私は、黙ってシュナイダーを見つめた。

今の彼に「私を信じて」と言ったら、どんな言葉を返されるのだろうか。

ずっと寄り添ってきたのに、私のことを誰よりも知っているはずなのに、信じてほしいと伝えたのに。

彼は、ミサノ嬢の言葉を信じて、私の言葉を信じなかった。

小説通りの展開。これが運命。

私の初恋は、絶望の色に染まりきってしまった。

広間にいる生徒達が、私に罵声《ばせい》を浴びせる。そんな中、ミサノ嬢はシュナイダーの胸に飛び込んだ。シュナイダーもまた彼女を受け止める。

「シュナイダー！」

「ミサノ」

生徒達は、二人に祝福の拍手を贈る。

シュナイダーは、ミサノ嬢を抱きしめたまま私を睨《にら》み付けた。

彼はこれから、ミサノ嬢を守っていくのだ。かつて私を守ってくれたように。

きっと二人は、良いカップルになる。運命で結ばれているのだから。

「……幸せになってください」

私はさよならの代わりに、微笑んで告げる。

ずっと私のことを甘やかしてくれた、シュナイダー。今まで支えてくれた彼のことは、嫌いになどなれなかった。今までの感謝も込めて、二人を心から祝福したい。

シュナイダーには、私の言葉が聞こえていたようだ。

それまで険しい表情をしていた彼は、別の感情を顔に浮かべようとしていたけれど――

その変化を見る前に、私は一人、歩き去る。

次第に遠ざかる拍手の音を聞きながら、私は初恋にお別れを告げる。

シュナイダーに愛を育《はぐく》もうと言われ、希望の光が灯った瞬間。

ファーストキス。

寄り添って、甘やかしてくれて、支えてくれた初恋の人。

――さようなら。

彼がいなければ、令嬢生活に耐えられなかった。息もつけないほど多忙な日々に、彼は安らぎと休息を与えてくれた。

両親にも兄にも認めてもらえない、苦しくて息の詰まる日々。

そんなガヴィーゼラ伯爵令嬢の生活から、ついに逃げ出せる。

学園の廊下を歩く私の歩調は、次第に速くなっていく。最後には走って学園を飛び出した。

自由だぁー!!

勢いがつきすぎて、学園の玄関扉から続く長い階段を飛び下りる形になる。

でも、大丈夫。階段の下には、私を受け止めてくれる人がいる。

「ロ、ローニャお嬢様!? お怪我はありませんか!?」

「お迎えありがとう、ラーモ!」

彼は、私の元護衛兼お世話係の青年。今は、お祖父様《じいさま》のもとで護衛として働いている。

名前はラーモ。深い紺色の髪と、アーモンド型の目の持ち主だ。

細身ながらも、私をしっかりと受け止めてくれた。

ラーモは、私を抱きかかえたまま馬車に乗せてくれる。

ミサノ嬢に呼び出された時点で、『結末』はわかっていた。だから祖父に、お迎えを頼んでおいたのだ。荷物も、すでに馬車に載せている。

馬車の中で、私はニコニコしていた。もう学園を振り返らない。

心残りは、二人の友人に別れを告げられなかったこと。

二人は、あの場にはいなかった。だから、魔法で手紙を送ろう。学園を出た今、心からホッとしていること、これから願いを叶えられるのが楽しみなことを伝えたい。

……そう。私は、念願のまったり生活を始めます！　ひゃっほーい!!

喜びが抑えきれず、思わず両腕を突き上げる。その瞬間、馬車の揺れに負けてパタンと倒れてしまった。

すぐに起き上がり、姿勢を正してコホンと咳払い。

落ち着きましょう。

ひゃっほーいと小躍《こおど》りするのは、やめておきます。

馬車の中で足をゆらゆら揺らしながら、私は鞄《かばん》を引き寄せた。その中から、例の砂時計を取り出す。

そっとひっくり返せば、緑色の砂がキラキラ落ちていく。

苦しい人生だった。

苦しい時間ばかりで、幸せな時間はちょこんとあるだけ。

これからは、もっとまったり過ごしたい。幸せな時間を多く持てる、豊かな人生を過ごしたい。

その願い、叶えに行きます！

第2章 ❖ まったり喫茶店。

1　喫茶店の開店。

朝陽を浴びて、清々《すがすが》しい気分で起床する。シングルベッドから下りたら、ゆっくりと背伸び。ベッドのシーツを整えたあと、すぐそばにある浴室で顔を洗い、歯磨きをする。

浴室から出た私は、新しい部屋を見渡した。ベッドの他には、ブラウンの机と、窓際に置いたグリーンのソファがあるだけ。私は窓を開けて空気を入れ換え、深呼吸した。

それからクローゼットを開けて、一着のドレスを取り出す。今まで着ていたドレスは装飾が多く華やかだった。でもこれからは、質素なドレスだ。

飾りもスカートのボリュームも控えめで、とても動きやすい。ただ、腰回りはコルセット風のデザインになっている。今までぎゅうぎゅうに締めていたから、なくなってしまうのも違和感がある。私はドレスの腰回りにあしらわれた紐を軽く締めた。

クローゼットに備え付けられた鏡を見ながら、髪を梳《と》かす。

スカイブルーをまとった白銀の髪は、少し癖があって波打っている。私は髪をサイドに集めて、緩い三つ編みに仕上げた。リボンのついたゴムで留めて、肩から垂らす。

「……いらっしゃいませ」

笑みを作って、接客の練習をしてみた。うん、これからは令嬢スマイルが役に立ちそうだ。

今日は、待ちに待った喫茶店の開店日。

ガヴィーゼラ家の娘として学んできたことは、これからきっと私の役に立つだろう。

ここは王都から随分《ずいぶん》離れているけれど、街は活気に溢《あふ》れている。私のお店は、他のお店や家の建ち並ぶ通りからはちょっと離れた場所にある。だから街の人達に、お店で出す予定のコーヒーやサンドイッチを振る舞いつつ開店日を知らせた。

お客さん、来てくれるといいな。

私は階段を下りて、一階に足を踏み入れる。そこは、私の喫茶店だ。

中央付近に設《しつら》えたカウンターには、椅子が四脚。店内の左右には、テーブル席を二つずつ設けた。家具は木製で揃えたから、落ち着いた雰囲気がある。

「よし、軽くお掃除を頼もうかな」

私はパンパンと手を叩き、掌《てのひら》の中で魔力を練り上げた。するとライトグリーンの光が零《こぼ》れ落ちていき、その光が床の上で円を描いた。

ふわりと光った円の中から、「ふわわわー」と可愛らしい声を漏《も》らしつつ、小さな妖精達が姿を現す。

蓮華《れんげ》の妖精、ロトだ。

二頭身で、頭の形はまるで蓮華《れんげ》の蕾《つぼみ》のよう。ぷっくりした胴体からは、摘まんで伸ばしたような手足が生えている。肌の色はライトグリーンで、つぶらな瞳の色はペリドット。

前世でいうところのゆるキャラみたいで、とても愛らしい。

彼らは、私が魔法契約を結んでいる、精霊の森に棲《す》む妖精達。

力を借りるかわりに、私も彼らの頼みごとを叶える。これは、精霊達と契約する際の条件だ。

私はスカートを押さえながらしゃがみ込み、「お掃除をお願いします」と頼む。

ロト達は、小さなお手てで「あいっ！」と敬礼すると、蜘蛛《くも》の子みたいに「わー」と散り、店の隅から掃除を始めてくれた。

私はカウンターの奥にあるキッチンに入り、白いエプロンをつける。

キッチンにはオーブンも備え付けたし、作業スペースも広々としている。

今日の朝食はホットケーキ。

喫茶店メニューのタルトに載せる、ミックスベリーのソースも一緒に作る。

こういう果物も、妖精達に頼んで摘んできてもらった。美味《おい》しい果実を選んでくれるし、お金もかからないからすごく助かる。

別の妖精達には、コーヒー豆の収穫もお願いした。収穫した豆は、魔法を駆使して焙《ばい》煎《せん》している。今後、じっくり改良していくつもりだ。

くいくいっ。

スカートを引っ張られ、私は床に目を落とした。そこには、ロトが一人。掃除の手は足りているらしく、この子は私のお手伝いがしたいみたい。

私は両手でロトを持ち上げて、作業スペースの上に乗せてあげる。

それでは、始めますか。

まずはミックスベリーをほどよく煮詰めて、ペロッと味見。うん、甘酸っぱくて美味《おい》しい。

ロトにも味見をお願いすると、小さなお口でソースをペロッと舐《な》めた。次の瞬間、ぶるぶるっと震えて、両手で頬を押さえる。それから小さな右手をこちらに突き出した。

目を凝《こ》らすと、指が立っているのが見える。バッチリって意味かな。

ふふ、と笑いながら、昨日作っておいたタルトにベリーソースを盛り付ける。

完成したタルトを冷蔵庫にしまったら、お次はホットケーキ作り。

厚めのふわふわ生地を何枚も焼き上げていくと、ロトが余ったミックスベリーソースを添えてくれた。

私は冷蔵庫からヨーグルトの容器を取り出し、ロトの前に置く。

「ヨーグルトも添えてくれる?」

そう頼むと、スプーンですくって「んしょっ、んしょっ」と頑張って運んでくれた。

たくさん働いてくれた妖精達の分もカウンターに並べ、一緒にホットケーキを食べる。

皆小さいから、ベリーソースのかかった一欠片《ひとかけら》だけでお腹が一杯みたい。食べる前より、まぁるく膨《ふく》らんだお腹が可愛らしかった。

たくさん焼いたホットケーキ。余りは、精霊の森の皆にも食べてほしい。

ロト達にホットケーキの包みを渡し、バイバイとお別れする。

妖精達は小さな手を振り返し、光る円の中に雪崩《なだ》れ込むようにして帰っていった。

ホッと息をつき、しばしの間、食事の余韻に浸る。

いつもなら、授業に向かっている頃だ。でも、私はもう学生ではない。

朝食の片付けをしたあとは、チョコレートケーキ作り。

ひとまず、喫茶店のデザートはこの二つに決めた。これからお客さんの要望も取り入れて、メニューを増やしていくつもり。日替わりにするのも、いいかな。

チョコレートケーキが完成すると、今度はサンドイッチの材料を準備する。

手際よく、でもマイペースに、鼻歌まじりに開店前の作業を済ませた。

「よし、これで大丈夫かしら……」

店内を見回して、忘れていることがないかチェック。

カウンターテーブルに置いた砂時計が目に入り、私はそれを何気なくひっくり返した。

落ちていく砂を機嫌よく見つめたあと、看板を出していないことに気付く。

すぐにお店の扉を開けて、小さな階段を下りる。ポーチが汚れていないかを確認しつつ、オープンの看板を立てかけた。

お店の名前は、まったり。

まったり喫茶店。

二階建ての家を見上げ、ちょっぴり誇らしい気分で胸を張った。

「あの、オープンしましたか？」

どうやら、記念すべき一人目のお客さんが来てくれたようだ。私はパッと振り返り、目の前の女性ににっこりと笑みを向ける。

「はい！　いらっしゃいませ」

――それから、数週間後。

まったり喫茶店は、嬉しいことに繁盛していた。

開店前に振る舞った、コーヒーやサンドイッチが好評だったみたい。

効果は抜群だったわけだけど……正直なところ、ちょっと困っている。

「ローニャちゃん、コーヒーおかわり！」

「はい、ただいま」

「ローニャちゃん、今日もこのケーキ、美味《おい》しいよ。もう一切れお願い」

「はい、少々お待ちください」

「すみません、カフェモカ二つください」

「はい、かしこまりました」

……忙しくて、目が回りそうだ。それでも、笑顔を崩さずに対応をする。

イメージとは違う。喫茶店がこんなに過酷な職場だったなんて。

考えが甘かった。

もっとこう、お客さんが途切れ途切れに来て、猫をなでなでする時間がたっぷりあるイメージだったのに。

ケーキやサンドイッチが余った時にはテイクアウトをおすすめしようと、お持ち帰り用の箱まで準備した。だけど、今のところメニューが余る日はほとんどない。それに、テイクアウトをすすめている暇もまったくなかった。

客足は途切れないし、猫をなでなでする時間なんてない。そもそも、うちのお店には猫なんていない。

つまり、まったりする時間が微塵《みじん》もないのだ！

「はい、お待たせしました」

コーヒーとケーキのおかわりをお出しし、テーブル席にカフェモカを配膳していると、カウンターのお客さんに声をかけられる。

「ところで、ローニャちゃん。オレの店には、いつ来てくれるんだい？」

「あ、えっと……当分、行けそうにありません。この通り忙しくて……ごめんなさい」

彼は、レストランを経営しているというお客さん。その誘いを、やんわりお断りする。

「え～！　ローニャちゃんが来てくれたら、サービスするのに」

……だから、この忙しさでは行けませんって言ったのに。

そんな言葉は呑み込んで、令嬢スマイルを浮かべたまま、次の注文に対応する。

「僕のアクセサリー店にも来てよ、割り引きするよ。あ、コーヒーもう一杯」

「申し訳ありません、アクセサリーは当分、買う予定がなくて……コーヒー、今お持ちしますね」

「なぁ、ローニャさん。街を案内してあげるって言っただろう？　いつにする？　それからサンドイッチをもらえるかな」

「お言葉は嬉しいのですが……前にもお伝えした通り、忙しくて……ご一緒するのは難しそうです。ごめんなさい。サンドイッチは少々お待ちくださいね、作ってまいります」

「ローニャ店長、ラテを一杯！　ついでに君とのデートも注文していいかい？」

「ふふ、デートはメニューにありません。ラテ、今お淹《い》れしますね」

……皆さんに、熱湯をぶっかけて差し上げましょうか。

心の中でそんなことを思ってしまうほど男性客の対応は大変で、疲労もピークだ。

今世での容姿が美しいことは、うすうす気付いていた。でも今までは婚約者《シュナイダー》がいたから、他の男性に言い寄られる機会なんてほとんどなかった。

それなのに……

正直なところ、かつてないモテ期に戸惑っている。変身魔法を使って営業すべきだったかもしれない。

ちなみに、店内にいるお客さんは男性ばかり。カウンター席に陣取り、カップ片手に立っているお客さんもちらほら。テーブル席には、身を乗り出すようにしてこちらをうかがっている男性達。

女性のお客さんも来てくれるけれど……圧倒的に男性客が多い。

まぁ、若い女性が一人で喫茶店を切り盛りしているので、物珍しさもあるのだろう。

しばらくしたら、落ち着くと信じたい。

キッチンに戻り、コーヒーとサンドイッチ、ラテの準備をする。

あぁ、洗いものも溜まってきた……このメニューを配膳したらカップを洗わなくちゃ。

段取りを考えながら作業をしている間にも、店内から私を呼ぶ声がする。

「ローニャちゃん～～!!」

「はい、少々お待ちください！」

……忙しすぎて、目が回りそう。

これでは、前世の二の舞だ。

私が喫茶店を開いたのは、まったりするためだったのに。このままでは、過労で倒れてしまう！

これは倒れる前に、対策を考えなくちゃ。

――しばらくしたら落ち着くだろう。あと少し頑張れば、休めるだろう。

思えば、前世でも自分にそう言い聞かせて働いていた。でも、時間は解決してくれない。いつかは……なんて期待をしていたら駄目だ。今変えなくては、また耐え続ける生活に逆戻り。

とはいえ、具体的にどうすればいいかわからない。

『店内でのナンパお断り』の貼り紙をするとか？　あるいは、直接伝える？

でも、伝え方を間違えたら相手の機嫌を損ねてしまいそう。その結果、お客さんが激減してしまうのも困るし、難しい問題だ。

モヤモヤ悩みながら、注文の品をトレイに載せて店内に戻る。

「お待たせしま、した……？」

先ほどまで騒がしかった店内。それなのに、どういうわけかお客さんは一人残らずいなくなっていた。テーブルには、空《から》のお皿やカップがあるだけ。中には、食べかけのものの、手を付けていないものもある。

私は目を丸くしながら、お店の出入り口に目を向ける。

そこに立っていたのは――

人間ではなかった。

首から上は、まるでジャッカルのよう。大きな耳がぴんと立っていて、輪郭《りんかく》はとてもシャープ。毛並みは緑色で、アーモンド型の目は綺麗な深緑の色。

頭は動物だけど、二本足で立っていた。小柄な体格で、身長は私より少し高いくらい。軍人を思わせる黒い上着は裾が少しほつれていて、その下には白いワイシャツを着ている。黒いネクタイに茶色のズボン、膝丈のブーツ。

その姿をじっと観察して、私はようやく思い至った。

——ああ、獣人族《じゅうじんぞく》か。

私は、学園で受けた授業を思い出す。獣人族は、教科書でしか知らなかった存在だ。

彼らは、生まれつき変身の能力を持つ。二足歩行の獣人、獣と人の特徴をあわせ持つ半獣、そして人間の姿に変身することができるのだ。獣人の力は非常に強く、俊敏で肉体も強靭《きょうじん》だという。人間をいとも簡単に食いちぎると聞いたことがある。

——初めて見た。

目を離せないでいると、獣人さんの尻尾がふわっと揺れた。

緑色の、もふもふした尻尾。思わず、凝視《ぎょうし》してしまう。……もふもふ。いいな、触ってみたい。

そんな願望が浮かんだところで、ハッと我に返った。呆《ほう》けていては失礼だ。私は、にこりと笑みを作る。

「いらっしゃいませ」

ジャッカルに似た獣人さんは、静かにこちらを見据えていた。

2　獣人さんと読書。

「今、席を片付けますね。カウンター席でよろしいですか？」

耳の大きな獣人さんにそう尋ねながら、私はカウンター席に一度トレイを置く。

それにしても、先ほどまでここにいたお客さん達は、どこにいってしまったのだろう。

カウンターの上には、ちゃんとお金が置かれている。ということは、自《みずか》らの意思で帰ったんだと思う。でも、一斉に帰ってしまうなんて。

不思議に思いつつ、カウンター席の一角を片付けていると、視線を感じた。顔を上げれば、獣人さんがこちらをじっと見つめている。

……そういえば、カウンター席でいいかどうかの問いかけに、返事はなかった。

もしかして、言葉が通じていないのだろうか。教科書には、獣人は人の言葉を解《かい》すると書かれていたけれど——

笑顔のまま返答を待っていると、ジャッカル似の獣人さんは左手を上げた。

もふもふと丸みのある、獣の手。そこに埋もれた鋭利な黒い爪が、トレイに載ったラテを指す。

「それ、何？」

若い男の人の声だった。確かに、目の前の獣人さんが発したものだ。

「ラテ、ですが……」

「じゃあ、それを。席はいらない」

獣人さんは、ラテをご所望の様子だ。

「では、新しいラテを淹《い》れますね」

私がそう言うと、獣人さんはふるふると首を横に振った。

「それでいい」

少し驚きつつ、私はラテのカップとソーサーをそっと持ち上げる。すると彼は、静かにカップを手に持った。

……あぁ、もふもふの手に触れられなかった。残念。

「ねぇ、早く会計の確認をしたら？　食い逃げした奴はいないと思うけど」

獣人さんは立ったままラテを啜《すす》り、私に声をかけてくる。

私は彼の言葉に甘えて、お代の確認と片付けをすることにした。

「では、失礼します」

カウンター席やテーブル席に置かれたお金を確認しながら、食器類も片付ける。

その間も、私は獣人さんが気になって仕方なかった。

視界の先でゆらりと揺れる尻尾。どうしても目で追ってしまう。

獣人さんはラテを啜《すす》りつつ、店内を隅々まで見回していた。そしておもむろに、カウンターに置かれた砂時計を手にする。

彼はそれを黙って見つめたあと、ひっくり返して元の位置に戻した。

緑色の砂は、宝石のようにキラキラ光りながら落ちていく。

けれどそれを見ることもなく、獣人さんは手つかずのサンドイッチに手を伸ばした。

匂いを確認したあと、ぱくりとそれにかじりつく。

「あの、新しいものをお作りしましょうか？」

「いいよ」

本人がいいというなら、仕方ない……

サンドイッチをもぐもぐ咀嚼《そしゃく》する獣人さんを横目に、私は片付けを続ける。

ようやく作業が一段落ついたところで、獣人さんが声をかけてきた。

「ここは、噂通りの店だね。君が店長なんだろう?」

「はい」

噂通り……というのはどういうことだろう? 疑問に思いつつも頷く。

「一人で経営してるって?」

「はい。ローニャと申します」

「その若さで、ね。家族は?」

「……離れて暮らしています。私は自立して家を出ました」

なんだか、尋問されているみたい。

ガヴィーゼラ家の令嬢であることは、もちろん秘密だ。私の居場所を知っているのはお祖父様《じいさま》とラーモだけ。

学園の友人――ヘンゼル達にも、この喫茶店の場所は教えていない。願いを叶えられて幸せだから、心配しないでほしいと伝えただけだ。

ここは王都から随分《ずいぶん》離れた地。けれど、噂はどこから広まるかわからない。用心するに越したことはないだろう。

お客さんや街の人に同じ質問をされたことはあるけれど、いつも適当にはぐらかしている。

笑みを浮かべて「秘密です」と言えば、訳ありなのだとわかってくれる。皆、私に気を遣っているらしく、根掘《ねほ》り葉掘《はほ》り聞かれることもなかった。

私の返答に、獣人さんは納得いかない様子。

「……ふーん？」

アーモンド型の目が細められ、まだ何か聞きたそうだ。でも他の人達と同じように、それ以上追及してはこなかった。

彼は首を傾けて耳をピクリと動かしながら、再び店内を見回す。

私は、彼の尻尾にまたも注目してしまった。

長くてボリュームたっぷりの尻尾は、触り心地が良さそう。絶対、もふもふに違いない。

……触ったら、失礼よね。

触らせてください、なんて尋ねるのも気が引ける。

だけど、猫のかわりに、なでなでしたい。耳もやわらかそう。あぁ、本当に触りたい。

そんなことを考えていると、獣人さんがくるりと振り返った。

「ねぇ、ラテをもう一つ。お持ち帰りで」

「あ、はい。かしこまりました」

思わずビクッと体を震わせてしまった。

私は獣人さんの注文に応《こた》えるべく、キッチンに入る。

……あまり凝視《ぎょうし》するのは、失礼よね。気を付けないと。

お持ち帰り用のカップにラテを注《そそ》ぎ、ハッとする。

そうだ、手渡す時に触ることができるかも……あくまで自然に、あのもふもふの手に触ってみよう。

「お待たせしました」

カウンターの前に立っていた獣人さんに、カップを両手で差し出す。彼が手を伸ばした瞬間、その毛がふわりと触れた。

心の中で、声にならない歓声を上げる。

想像以上に、ふわふわの毛並みだった。

両手で撫《な》で回したい。もふもふの手に頬擦りしたい。

私は必死に興奮を抑えて、笑顔を保つ。

だめよ、ローニャ。令嬢をやめたとはいえ、異性に抱きつくだなんて、はしたないもの。

その時、キンッという音が聞こえて、何かが目の前に降ってきた。慌ててそれを受け止め、手を開いてみると、それは金貨だった。獣人さんが、指でこちらに弾《はじ》いたみたい。

獣人さんはそのままくるりと背を向けて、店を出ていこうとする。

私は、慌てて声をかけた。

「あの、お釣りを……」

金貨は、前世でいうところの一万円くらい。銀貨は千円で、銅貨は百円だ。

ラテは銅貨三枚、サンドイッチは五枚。お釣りを受けとってもらわなくては。

けれど――

「チップ」

獣人さんは、振り返ってそう言う。

「それと、客を逃したお詫び。また来る」

それだけ告げて、彼は店の扉を開ける。私は、彼の揺れている尻尾を見つめながら、
動くことができなかった。

彼が店を出て、しばらくしたあと――

「……またのご来店、お待ちしております」

遅すぎるけれど、ポツリと言う。

これだけチップをいただいてしまって、本当によかったのだろうか。

私はキラキラ光る金貨をエプロンのポケットにしまい、外に出てみた。

広々とした道はしんとしていて、遠くには馬車が走っているのが見える。舗装もされ

ていない黄土色の地面から、砂埃《すなぼこり》が立っていた。

ぽつんぽつんと建物が並ぶ、静かな街。王都とはまったく違う、のどかな街だ。

ここは、王都のはるか東南に位置する最果ての街――ドムスカーザ。

祖父曰《いわ》く、隣国との国境に近い街の中では、一番治安が良いのだという。

穏やかな陽射しが降り注《そそ》ぐ街並みを眺めつつ、獣人さんの後ろ姿を探す。

だけど、どんなに目を凝《こ》らしても見つからなかった。

私は店の中に戻り、軽く片付けをする。

次のお客さんは、なかなか来なかった。

珍しいと思いつつ、今の隙にと昼食をとる。それからコクの深いラテを飲んで、ホッと一息ついた。

店を開いてから、こんなにまったりしたのは、初めてだ。

窓からは、優しい陽射しが降り注《そそ》いでいる。ここ最近の忙しさが嘘のようで、心の底から安らぎを感じた。

まだお客さんは来そうにない。

そうだ、せっかくだから読書でもしてみようかな。

これまでは、自分が好きな本をゆっくり読むことなんてできなかった。読めるのは、貴族達の間で流行している本だけ。個人的に興味を持って購入してみた本も何冊かあったけれど、それを読む時間なんてなかった。

貴族達のパーティーやお茶会では、流行についての話題が必ず持ち上がる。ガヴィーゼラ家の娘として出席している私がそれを知らなければ、あの家の娘は教養がないと思われてしまう。だから私は、流行の本をひたすら読み続けた。

それらの中には小説が多かったが、私の好みからは離れたお話ばかりだった。だけど、これからは自分の好きな本を読める。

せっかくの機会だ、この世界の小説をまったりと堪能《たんのう》したい。

私は二階に上がり、ずっと読めずにいた小説を手に取った。そして再び一階に下り、自分のためにラテを淹《い》れる。

カウンター席に腰かけ、本を開いたあとは——あっという間に引き込まれた。

一人の少女が冒険に繰り出す長編小説で、描写がとても好みだった。

夢中になってページをめくって……最後の一行を読み終えて顔を上げると、窓の外は真っ暗になっている。

慌てて時計を見ると、もう夜の八時。閉店の時間だ。

「お掃除のお手伝いをお願いします」

私は妖精のロト達を呼び出して、掃除を手伝ってもらう。さすがに目が疲れていて眉《み》間《けん》を押さえていたら、くいくいっとスカートを引っ張られる。

床に目を落とすと、ロト達が心配そうにこちらを見上げていた。私は「大丈夫よ」と笑ってみせる。

けれど彼らは、「あいっ！」と私のスカートを引っ張りながら、階段に向かおうとする。もう休んでいいと言ってくれているのだろう。

「今日はそんなに疲れていないわ」

だから安心して、と言ってみたものの、ロト達は駄々をこねるみたいに「あーん！」と首を横に振っている。

……きっと、私が連日疲れた表情でいたから、心配しているのだろう。

確かに一人でお店を切り盛りするのは大変だけど、開店前と閉店後にはロト達が手伝ってくれるから、随分《ずいぶん》助かっている。

ちなみに妖精の大半は、人間の前に出たがらない。ロト達も、人見知りで恥ずかしがり屋だ。

私は小さな妖精達の気遣いに心が温かくなって、ふわりと微笑んだ。

「……ありがとう。じゃあお言葉に甘えて、よろしくお願いします」

しゃがんで、ペコリと頭を下げる。そうしたら、ロト達はぴったりと息を揃えて、短いお手てで敬礼した。

そのあとは、「わー」と広がってお掃除を再開してくれる。

私はもう一度「ありがとう」と言って、二階に上がり、お風呂に入った。

今日は、とても素敵な一日だった。午前中は大変だったけれど、獣人のお客さんが来てくれたし、午後はゆったりまったり過ごすことができた。

鼻歌を歌いながらお湯に浸かっていた私は、そこでハッとする。……よく考えたら、お店としてはピンチなのではないか。早くも閑古鳥《かんこどり》が鳴いているということだもの。

明日もお客さんが来なかったら、どうしよう……少し不安になりつつ、私はその日の夜を過ごしたのだった。


――翌日。昨夜の不安はまったくの杞憂《きゆう》に終わった。

開店と同時に、常連のお客さん達がやってきたのだ。

いつも通りの慌ただしさにホッとした反面、昨日のまったりが恋しくてたまらない。

ただ、コーヒーやケーキを堪能《たんのう》してくれるお客さんの姿を見るのは、やっぱり嬉しかった。

私は笑顔で接客しながら、午前中の仕事をこなす。

カウンター席に陣取る男性のお客さんからは、相変わらず声をかけられる。でもいつもより控えめだったから、そこまでの負担にはならなかった。

――カランカラン。

お店の扉に取り付けたベルが鳴る。

これは、今朝の開店準備中に付けたもの。昨日、獣人のお客さんがいつ入ってきたのかわからなかったから、人の出入りがちゃんとわかるように、ベルを付けてみたのだ。

「ちょっとアンタ！　いつまで休憩する気だい!?」

賑《にぎ》やかに入ってきたのは、街のパン屋の奥さん。彼女は、カウンターに座っていた旦那さんのもとに駆け寄る。

旦那さんは、「げっ」と顔を引きつらせた。奥さんは、そんな旦那さんの耳を引っ張り、席から立たせる。

「ローニャちゃんが可愛いからって、いつまでも居座るんじゃない！　他のお客さんの迷惑だし、アンタも仕事があるだろ！」

「痛いよっ」

奥さんは旦那さんを叱り付けたあと、申し訳なさそうな表情で私に向き直る。

「ごめんよー、うちの旦那が邪魔して」

「いえいえ。毎日来ていただけて、嬉しいです。奥さんも、コーヒーはいかがですか？」

「あ、じゃあ一杯もらおうかしら」

私がコーヒーを淹《い》れている間、パン屋の奥さんは、他の男性のお客さん達に「自分の仕事をしなさい！」と叱り付けていた。

「休憩中だよ」なんて弱々しい返事も聞こえてきて、クスリと笑ってしまう。

「いつもありがとね、ローニャちゃん」

「こちらこそ、ありがとうございます」

コーヒーを飲み終えると、パン屋のご夫婦は一緒に帰っていった。私は、手を振って二人を見送る。

まったり喫茶店で提供しているサンドイッチは、彼らの店のパンを使って作っている。お昼前頃に、旦那さんが届けにきてくれるのだ。旦那さんはそのままコーヒーを飲んで休憩していく。そして「帰りが遅い」と奥さんが連れ戻しに来て、二人一緒に帰っていく。

なんだかんだで、仲が良いのよね。

微笑ましく思いながらカウンター席を片付けていると、アクセサリー店を営《いとな》む男性から声をかけられた。

「そうだ、ローニャちゃん。昨日はごめんね？　挨拶《あいさつ》もしないで帰っちゃって」

アクセサリー店の男性が、謝罪した。

そういえば、昨日、突然帰ってしまった理由を聞いていなかった。私は、改めて尋ねてみる。すると――

「獣人が来たから、ね」

「機嫌が悪いと、暴れかねない」

「そうだ、ローニャさん。目を付けられたかもしれないよ。早いところ獣除《よ》けの護符《ごふ》を買っておいたほうがいい」

「オレのレストランにも護符《ごふ》を貼って、入店は拒否してるよ」

――原因は、あのジャッカルに似た獣人さんだったらしい。

獣除《よ》けの護符《ごふ》というのは、その名の通り、猛獣を近寄らせないようにするためのもの。

獣人族にも効果があるのね。知らなかった。

それにしても、ものすごい嫌われよう。

人間をいとも簡単に食いちぎることができると言われているくらいだから、無理はないけど……昨日の獣人さんは、そんなに怖くなかったのに。

思わず考え込んでいると、お客さんから声をかけられる。

「お〜い、ローニャちゃん？　聞いてる？」

「あ、ごめんなさい！」

どうやら、考え込んでいる間に何か話しかけられていたみたい。慌てて謝る私に、お客さんは苦笑して言った。

「とにかく、獣人族の傭兵団《ようへいだん》には気を付けるんだよ」

「……獣人族の、傭兵団？」

「あぁ、ローニャちゃんは、まだ知らなかったのか」

きょとんとしていると、別のお客さんが説明をしてくれる。

最果ての街ドムスカーザの先にある、国境。その向こうには大陸で最も荒《すさ》んでいる国があり、略奪目的の荒くれ者達がうちの国に流れ込んできている。

そのため最果てを守る地では、傭兵団を雇って対処しているのだ。

この話は、学園の授業でも学んだため知っている。ただ、獣人の傭兵団があるというのは知らなかった。

「領主様が雇った傭兵団は、最強でね。おかげで街の治安は悪くないが……」

「傭兵団は皆、野蛮《やばん》だ。獣人傭兵団は特に」

「そうだ、奴らは特にひどいぞ」

獣人族の傭兵団。ということは、一人じゃないのか。

……もふもふ傭兵団。

想像して、思わず頬が緩みそうになる。

昨日の獣人さんはジャッカルに似ていたけれど、他にはどんな獣人さんがいるんだろう。

私は、密かに胸をときめかせた。

一方、お客さん達は険しい表情を浮かべている。

「奴ら、我がもの顔で居座って暴れるんだ」

「ひどいものだよ」

「ほとんどの飲食店は出禁さ。ローニャちゃんも被害に遭《あ》う前に、奴らを出禁にして、ちゃんと護符《ごふ》を買うんだよ？」

「そうだよ、ローニャちゃんが怪我したら大変だ」

彼らの言葉に、私は首を傾げてしまう。

まだ何も被害を受けていないのに、出禁にすることなんてできない。

それに、昨日の獣人さんは暴れたりもしなかった。お代に金貨までくれたのだ。また来ると言っていたし、次に来てくれた時にはもっとおもてなしをしたい。

曖昧《あいまい》に流そうとする私に、男性のお客さん達は心配げな様子だ。そして、一緒に護符《ごふ》を買いに行かないかと誘われる。

「オレが」「いいや、僕が」と言い争いがはじまり、困ってしまう。

どうしたものかと考えていると――

カランカラン。

店内に、新しいお客さんの来訪を知らせる音が響いた。

＊❖＊

最果ての街ドムスカーザには、最強と謳《うた》われる獣人傭兵団が存在する。

生まれつき変身の能力を持つ獣人族。二足歩行の獣人、獣と人の特徴をあわせ持つ半獣、そして人間の姿に変身することができる彼らは、強大すぎる力ゆえに、人々から恐れられていた。

傭兵団の証《あかし》でもある黒い上着が目に入っただけで、ドムスカーザの住人達はたちまち逃げていく。

「ねぇ、ボス。今日は例の店に行くんでしょ？」

歩きながらそう口にしたのは、緑色の髪をした獣人セナだ。髪の間から覗《のぞ》くのは、ピンと立ったジャッカルの耳。背後では、髪と同じ色の尻尾がゆらゆら揺れている。

半獣の姿を取った彼は、隣を歩くシゼを見上げて、再び問いかける。

「ほら、昨日話した店。覚えてる？」

セナよりも頭一つ分大きいシゼ。こちらも半獣の姿で、後ろに流した黒い髪の間からは、ライオンの耳が覗《のぞ》く。

答える様子もなく歩を進めるシゼだが、セナは気にせず言葉を続ける。

「持ち帰ったラテ、美味《おい》しかったでしょ？　若い女の子が一人で経営してる喫茶店だよ。その女の子、噂通り、訳ありっぽい感じの美人だった。誰かの遺産で店を開いたにしても、金持ちの援助を受けたにしても、遅かれ早かれ狙われそうだ。若い娘が一人で店を切り盛りするなんて、強盗にとっては格好の餌食《えじき》だよ」

この最果ての街には、隣国からの荒くれ者がよく流れ込んでくる。

いくら田舎街とはいえ、店を開くにはそれなりの金がいる。開店資金に使い切っていたとしても、若くて美人な娘なら、いくらでも金になる――そう考える輩《やから》だっているだろう。

「どうせこの街には、僕達が入れる店もないでしょ？　しばらくは、その喫茶店で食事を済まそうよ」

「……」

セナの提案に、シゼはゆっくりと振り返る。

「……肉が食いてぇ」

シゼは、唸《うな》るような低い声でそう言った。

「ステーキはないよ。ケーキばかりの喫茶店だから」

セナは冷静に返す。

腹を空かせたシゼは肩をすくめたが、「……どこだ?」と尋ねる。

どうやら噂の喫茶店に行く気はあるようだ。

セナが示したほうに向かって歩いていると、背後から騒がしい声が聞こえてくる。

「なぁー、セドリックの街に行こうぜ?　ナンパもいっぱいされるし」

そんな言葉とともに駆け寄ってきたのは、半獣姿のリュセだ。雪のように真っ白な髪からはチーターの耳が覗《のぞ》いている。

「それはてめーだけだろうが!　女にナンパされて何が楽しいんだよ!?」

リュセにそう噛《か》みついたのは、半獣姿のチセ。青い髪から覗《のぞ》く狼の耳がぴくぴく震えていた。

「モテるってことじゃん。ひがみ？　ダッセー」

リュセは、腹を押さえてケラケラと笑う。

セドリックというのは、ドムスカーザの隣街。さほど離れてはいないが、ドムスカーザに比べると栄えている賑《にぎ》やかな街だ。他の街から足を運ぶ者も多い。そこへ行くと、美形のリュセは決まって女性から声をかけられる。もっとも声をかけてくるのは、獣人傭兵団の存在を知らない、遠くの街から来た女性ばかりだ。それに獣人であることがバレたら、彼女達はすぐさま逃げ出すだろう。だからリュセはセドリックへ行く際、人間の姿を取るようにしていた。

「今日は、噂の喫茶店に行くんだよ」

リュセとチセの言い争いなど気にとめる様子もなく、セナが言う。

「あー、新しい店か。コーヒーが美味《うま》いんだっけ？　しかも、美人な女の子が一人でやってるんだろ？　何、もう下見したわけ？　人気らしいし、混んでただろ？」

そんなリュセの問いかけに、セナは淡々と答えた。

「獣人の姿で入った」

「ぶははは っ！　それ、客は皆、逃げただだろ！」

リュセだけでなく、チセもゲラゲラと大笑いしている。

耳と尻尾を隠した人間の姿であれば、彼らが獣人族であることはまずバレない。

しかし耳と尻尾を出した瞬間、人々は彼らを『恐ろしいもの』として認識する。ましてや二足歩行の獣にしか見えない獣人の姿なら、なおさら恐れられてしまう。

もっともドムスカーザの街では、彼らのことを知らぬ者はいない。どんな姿をしていても、嫌厭《けんえん》されていた。

「それより、なんて店だっけ？」

チセが尋ねると、セナは少し考え込む。

「喫茶店か？　のんびり……いや、違うな」

「あぁ、まったり。まったり喫茶店だ」

噂の店の名を答えたのは、リュセだった。彼は白い歯をニッと剥《む》き出しにして笑い、セナに問いかける。

「美人だった？　噂通り」

「噂通りだよ」

「獣人を見て、泣かなかったのかよ？」

「……少しビクっとしてた」

「だろうな。なら、耳と尻尾は隠していくか。あ～、めんどくせぇ」

リュセは、少々苛立《いらだ》ったように尻尾を振る。

「……そんなに怯《おび》えてはいなかったけど」というセナの呟きは、リュセやチセに届いていないようだ。

「まぁ、まずくなけりゃいいか。そうと決まれば、さっさと行こうぜ、護符《ごふ》を貼られるのも時間の問題だろ？」

リュセの言葉に、チセも続ける。

「腹減ったぜ、ステーキはあるよな？」

「ないよ」

「……それで腹ごしらえできるのかよ」

チセは、腹をさすりながら唸《うな》る。

「名前の通り、まったりできるといいなぁー。……出禁になるまで」

そんなリュセの呟きは、青い空に吸い込まれていった。

——それから歩くことしばし。

獣人達は、目的の喫茶店に辿り着いた。

こぢんまりとした店の前には、オープンと書かれた看板が立てかけられている。

彼らは、シゼを先頭に入店した。

店内は、立っている客がいるほどの盛況ぶりだ。しかし、獣人達を見た途端、客達は真っ青になって帰り支度を始めた。テーブルの上にそそくさと金を置き、獣人達にぶつからないよう身を縮こまらせて外に逃げ出す。

そうして、残ったのはただ一人。

まったり喫茶店の店長だ。

カウンターの中に立つ彼女は、とても美しい少女だった。艶《つや》やかな白銀の髪を緩く三つ編みにして、肩から垂らしている。淡い色のドレスに、白いエプロン。シンプルな装《よそお》いではあるが、よく似合っていた。

少女は、青い目を見開いて固まっている。しかし、やがてにこりと微笑んだ。

「いらっしゃいませ」

それは、彼らを心から歓迎しているような笑顔だった。

3　もふもふ傭兵団。

カランカラン。

店の扉のベルが鳴り、新しいお客さんがやってきた。

その瞬間、店内の空気が変わる。

扉の前に立っていたのは、長身の男性。純黒《じゅんこく》の髪を後ろに流し、鋭い眼差《まなざ》しをこちらに向けている。そんな彼の後ろには、三人の男性が立っていた。

席に着いていたお客さん達は、皆凍りついたように青ざめている。やがて彼らは慌ただしくお財布を取り出し、お代をテーブルに置いて立ち上がった。

「またね」「ご馳走《ちそう》さま」と声を潜《ひそ》めつつ、新たな四人のお客さんを避けるようにして全員が出ていく。

あまりにも素早い行動に、私は呆《ほう》けてしまった。

火事でも起きて、私だけが取り残された気分。避難すべきなのかと、ちょっと迷う。

でも、目の前にはお客さんがいる。新しいお客さん達だ。

「いらっしゃいませ」

私は笑顔で挨拶《あいさつ》をする。

よく見ると、彼らは見覚えのある黒い上着を着ていた。

まず動いたのは、純黒《じゅんこく》の髪の男性。髪型はオールバックで、鋭いアーモンド型の目は琥珀色《こはくいろ》。彼は重い足取りでテーブル席に向かい、壁際のソファに座った。

そのあとに続くのは、緑色の髪の小柄な青年。アーモンド型の目は緑色で、その眼差《まなざ》しに見覚えがあるような気がする。

お店に来たことのあるお客さんなら覚えているはずだけど、思い出せない。街ですれ違ったのかな。

緑の髪の男性は、黒髪の男性の向かいの席に座った。

「ほんとに美人だー」

妙に冷めた声が聞こえて、再び店の扉へ目を向ける。おそらく今の言葉を発したのは、真っ白な髪の青年だろう。さらりと揺れるストレートの髪は、光を反射してキラキラしている。綺麗な髪……睫毛《まつげ》も同じ色で、アーモンド型の瞳はライトブルーだった。

顔立ちも整っていて、女性が放っておかないタイプに見える。

私のことを褒めてくれたみたいだけど、声のトーンからすると、あまり興味はないみたい。

彼も店の奥に向かって歩き出し、先に二人が座った隣のテーブルについた。

「ふーん」

白い髪の男性と同様に興味がなさそうな声を出したのは、青い髪の青年。黒髪の男性と同じくらい背が高く、これまた同じように髪を後ろに流している。やや吊り上がった目は、深い青色。

彼は、白い髪の男性の向かい側に座った。

うちのお店のテーブル席は、四人掛けだ。四人で二つのテーブルを占領されるのはちょっと困るけれど、他にお客さんがいないから、いいか。

「今、片付けますね」

テーブルの上のお皿を下げようとした時、黒髪の男性の視線がケーキに向けられていることに気付いた。

半分残ったフォンダンショコラ。ラズベリーソースを添えた、ミニサイズのケーキだ。

通常お出ししているケーキはもう少し大きいのだけれど、オープン以来、頻繁に来てくれる女性のお客さんが「あんまり食べたら太りそう」と気にしていたのだ。だから、小さめのサイズのケーキを作って提供してみた。他の女性客も注文してくれたので、メニューに追加しようと思っている。

「……なんか、全体的に甘い匂いだな。あとは、植物の匂いか？」

スンスンと鼻を動かす白い髪の男性に、青い髪の男性が答える。

「……花じゃね？」

外に小さな庭があるけれど、店内に植物は飾っていない。

頭に浮かんだのは、蓮華《れんげ》の妖精のロト達。

注意深く匂いを辿ってみると、うっすら蓮華《れんげ》の香りがする。今朝も手伝ってもらったから、その残り香かもしれない。

だけどそれがわかるのは、私がロト達と契約を結んでいるから。普通の人間に、その匂いがわかるとは思えない。

見覚えのある上着と、お客さんが逃げたことを照らし合わせると、もしかしたら彼らは――

「ステーキ」

その言葉で、思考が遮《さえぎ》られた。

黒髪の男性が注文したらしい。とても低い声だ。

「ボス、ステーキはないって言ったでしょ」

向かいに座る緑色の髪の青年が言う。その声を聞いて、確信した。

「あの、失礼ですが……昨日いらしてくれた獣人族の方ですか？」

「そう、だけど……」

思い切って尋ねると、緑の髪の男性が目を大きく見開いた。

「やっぱり」

間違いじゃなかったことに、胸を撫《な》で下ろす。

「眼差《まなざ》しに見覚えがあったので、もしかしてと思って……声も同じなんですね」

なるほど。獣人の姿と人間の姿では、共通するところもあるのね。

思わず感心して呟くと、緑の髪の青年はますます目を見開いた。

「……あの、すみません。これまで獣人族の方とお話ししたことがなかったもので……お気を悪くさせてしまったなら、申し訳ありません」

彼の表情に戸惑いが浮かんでいたので、私はそっと頭を下げる。

すると彼は、「……別に」と言って目を逸《そ》らした。

「ぷははっ！　セナ、バレてやんの」

白い髪の男性が、笑う。

緑の髪の男性は、セナさんというらしい。

私はテーブルの片付けをしつつ、さらに尋ねてみる。

「皆さん同じ上着を着ていますが、獣人傭兵団の方々でお間違いないですか？」

私の予想は、間違っていないと思う。人間の姿なのが残念だ。今日はもふもふなしか……至極、残念。

問いかけに、すぐには答えてもらえなかった。

セナさんをはじめ、皆が黒髪の男性に目を向ける。

まるで許可を待っているようだ。その様子からして、黒髪の男性がリーダー的存在なのだろう。ボスって呼ばれていたし。

私も彼に視線を向ける。

黒髪の男性——ボスさんが発したのは、「肉が食いてぇ……」という一言だった。

「えっと……申し訳ありません。ステーキはメニューにないんです。ただ、お肉を挟んだサンドイッチでしたらご用意できます。お肉の種類は、生ハム、パストラミビーフ、ベーコン、ウィンナーからお選びいただけますが……」

ペコリと頭を下げて説明し、私はメニューを差し出す。するとボスさんは、低い声で「パストラミ」と口にした。

「僕もパストラミ。全員分、肉を多めに頼める？」

セナさんの問いかけに、私は頷く。

「はい」

「じゃあ、オレもパストラミで」

「オレはベーコン」

「パストラミを三つ、ベーコンを一つですね」

ボスさん、セナさん、白い髪の男性はパストラミ。青い髪の男性はベーコン。全員、お肉は多め。

注文を取る私に、セナさんが続ける。

「飲みものだけど、ボスはブラックコーヒー。僕はラテ。食事と一緒に持ってきて。リュセは？」

「んー、オレはどうしようかな。ラテがいいけど、ミルクはあんまり好きじゃないしー」

白い髪の男性の名前は、リュセさんか。

「ミルク少なめのラテをお作りしましょうか？」

そう尋ねると、「じゃあ、それで」と素っ気なく返された。

「チセは？」

「オレぁ、ジュースでいいや。種類は何がある？」

「搾《しぼ》りたてのオレンジジュースがあります」

「じゃ、オレンジで」

青い髪の男性はチセさん、飲みものはオレンジジュース、と。

「あ、ねーちゃん。野菜はいらねーや」

チセさんはそう付け加える。

……ねーちゃん。

そんな呼ばれ方をしたのは、初めてだ。学園の令嬢達なら、「無礼者！」と真っ赤になって声を上げているところだろう。

「昼くらい、野菜も食べなよ」

セナさんが冷めた声で言うと、チセさんは顔をしかめる。

「あぁん？」

けれど、舌打ちをしながら「仕方ねぇな」と呟いているので、野菜は食べることにしたらしい。

セナさんは、チセさんより立場が上なのかもしれない。

「パストラミサンドを三つ、ベーコンサンドを一つ。お飲みものは、ブラックコーヒー、普通のラテ、ミルク少なめのラテ、オレンジジュースですね。以上でよろしいですか？」

注文を確認すると、セナさんが頷いた。

「うん」

「かしこまりました。少々お待ちくださいませ」

私はトレイに載せた食器類を手に、キッチンへ向かった。そして洗いものをシンクに置き、まずは注文された飲みものを準備する。それをお客さんにお出ししたあとは、サンドイッチ作りだ。

レタスを水洗いしてほどよい大きさに千切り、玉ねぎとトマトを切っていく。パストラミビーフを薄く切り分け、熱したフライパンでベーコンを焼く。

野菜の水気をしっかり切ってパンに載せ、これでもかってくらいにお肉を挟んだ。獣人さんだから、やっぱりお肉が好きなのだろう。

「お待たせしました」

キッチンから店内へ向かうと、皆さんの頭に耳が生えていた。よく見ると、尻尾もある。おそらく半獣の姿なのだろう。不意打ちのもふもふに胸が高鳴るけれど、私はなんとか平静を装《よそお》った。

サンドイッチの載った皿をテーブルに置いた途端、ボスさんが勢いよくかぶりついた。よほどお腹を空かせていたらしい。

チセさんも、トレイからお皿をひょいっと取ってかぶりつく。食欲旺盛《おうせい》だ。

「評判通り美味《うま》いじゃん、おねーちゃん」

ラテを飲んだリュセさんが、にんまりと笑みを浮かべて言う。

褒めてくれて嬉しいけれど、今度はおねーちゃん呼び……少し引っかかったものの、「ありがとうございます」と軽く頭を下げておく。

リュセさんは、あまり興味のなさそうな声で尋ねてきた。

「獣人と会うのは、初めてなんだろ？　獣人のこと、ちゃんと知ってんのー？」

ライトブルーの目を細めながら、こちらを見上げてくるリュセさん。その眼差《まなざ》しに鋭さを感じつつ、私は笑みを浮かべて頷いた。

「生まれながら、変身能力を持った種族……ですよね」

「いや、そっちじゃなくて」

「……？　あの、獣人、半獣、人間の姿を持つ種族なのでは？」

「いや、だからそっちじゃなくて」

もしかして、私の認識は間違っているのだろうか。

首を傾げていると、リュセさんが苛《いら》ついたような声を上げた。

「人間を食いちぎるくらいの力があるって、知らねーのかよ？　ねーちゃん！」

「ああ、はい。知っています。だから皆さんは、最強の獣人傭兵団と呼ばれているんですよね」

私が答えた瞬間、皆さんの動きが一瞬止まった。

……ん？

「おねーちゃんさ……もしかして、天然ちゃん？」

「……どうでしょう、言われたことはないですが」

リュセさんの問いかけに、私は戸惑う。

天然発言など、しただろうか？　わからない。

「世間知らずじゃねーの？　全然大丈夫じゃねーよ、コイツ」

チセさんはサンドイッチをモグモグ噛《か》みながら、私を親指で指し示す。

「はぁー。しょうがねーなぁ。なぁ、おねーちゃん」

ため息をついたリュセさんが立ち上がり、顔を近付けてきた。

間近で見ると、改めて綺麗な顔だとわかる。純白の髪とライトブルーの瞳は神秘的な美しさを秘めていて、細めた目や口の端を上げた笑い方は猫を思わせる。

思わず見入ってしまった私に、リュセさんは声を弾《はず》ませてこう言った。

「オレ達、獣人傭兵団は噂の通り最強。治安を良くするため、この街の領主に雇われてるんだよ。アンタみたいに弱い娘を守るのも、オレ達の仕事なーの」

声のトーンの割に、ライトブルーの瞳は冷めているように見える。私はその目をじっと見つめた。

「街の中にだって、悪さする機会をうかがってる輩《やから》はいるんだぜ。だから、オレ達がアンタを守ってやる。そのかわり、ちゃんと報酬《ほうしゅう》はくれよ？　後払いでいいからさ」

ああ、なるほど。昨日、セナさんが探るような目を向けてきたのも、そういう意味だったのか。

女性一人で店を始めた私を気にかけて、足を運んでくれたということなのだろう。

街の人達からは相当嫌われているようだけど、やっぱり悪い人達じゃなかったみたい。

それに、正義感が強いのね。

私は納得しつつ、口を開いた。

「気にかけてくださり、ありがとうございます。ですが、自分の身は自分で守れますので、ご心配には及びません」

貴族の子息令嬢が集《つど》う学園で、私はずっと女子一位を維持してきた。身を守る魔法くらい使えるし、だからこそ祖父も一人暮らしを許してくれたのだ。

「どうぞ、この店でまったりなさってください。ここは、まったり喫茶店ですから」

仕事のために訪れるのではなく、まったりしていてほしい。

微笑んでそう伝えたのだけれど、リュセさんはポカンとしていた。

「……は？」

よく見れば、セナさんとチセさんも呆気に取られている。もくもくとサンドイッチを食べていたボスさんは、手を止めてこちらをじっと見つめていた。

そうか。彼らは私が魔法を使えることを知らない。説得力がなさすぎて、余計世間知らずな娘に思えたかもしれない。

「……おい」

ボスさんが低い声を出す。

「コーヒー、おかわり」

「あ、はい。お持ちします」

「サンドも、もう一つ」

「かしこまりました」

コーヒーと、サンドイッチのおかわり。私はお皿を片付けてキッチンに戻り、パストラミサンドを作る。

それからボスさんのもとに向かうと、リュセさんもサンドイッチを頬張っていた。

……もしかして彼らは、私に雇ってもらいたくてお店に来たのだろうか。だけど傭兵団を雇う余裕なんて私にはないし、そもそも必要ない。

ということは、もう来ないのかな。

この人達が来ると、他のお客さんがパッタリ来なくなる。そしてその分、私はまったりできる。

まったりな時間はもうないのかな、と残念に思いつつ、私は彼らに頭を下げた。

「ごゆっくりお過ごしください」

他の席をサッと片付けてからキッチンに戻り、残りもので昼食を済ませる。

その後、ちらりと店内をうかがうと、四人は飲みものを楽しんでいるようだった。私は静かに二階へ上がり、本を片手にキッチンへ戻る。そして椅子に腰かけ、本のページをそっとめくった。

読書のおともは、女性客が手つかずのまま残したフォンダンショコラ。もったいないので、フォークでちまちまと食べた。甘酸っぱいラズベリーソースを絡めながら、しっとりした生地を堪能《たんのう》する。うん、美味《おい》しい。

そういえば、さっきボスさんが気にしていたよね。コーヒーにも合うし、すすめてみようかしら。

「なんで隠れて本なんか読んでるの？」

突然の問いかけに、体がビクリと震える。ハッと顔を上げると、セナさんがカウンターから身を乗り出していた。

「す、すみません。お客さんの見ている前で……失礼かと思いまして」

「……ふぅん。別に気にしないよ」

その返答に、私は胸をホッと撫《な》で下ろす。だけど、お客さんがいる時の読書はやめておこう。

そう心に誓っていると、セナさんから思わぬことを言われた。

「悪いんだけど、少し仮眠を取らせてもらうから。チップは弾《はず》むよ」

「え……はい、結構ですが」

きっと昨日のように、今日はもうお客さんも来ないだろう。他のお客さんがいない間なら、断る理由もない。

「……それ、読んでていい」

セナさんは私が手にしていた本を一瞥《いちべつ》してから、席に戻っていく。

あ、デザートをすすめるのを忘れちゃった。

私は本をキッチンの作業台に置き、そっと店内に足を踏み入れる。そして次の瞬間、思わず固まってしまった。

——もふもふ。もふもふ傭兵団が、そこにいたのだ。

ボスさんが座っていた席には、立派な鬣《たてがみ》を持つ黒い獅子の姿があり、ソファに深く沈み込んでいる。

セナさんがいた席には、緑色のジャッカル。大きな耳がピンと立っていて、テーブルにだらりと突《つ》っ伏《ぷ》している。

その隣のテーブルに目を移すと……純白の大きな猫が視界に映る。おそらく、リュセさんだろう。模様はないけれど、丸みのある猫耳と長い尻尾からしてチーターかもしれない。

その向かいでイビキをかいているのは、青い狼。こちらはチセさんに違いない。ソファからボサボサな尻尾がはみだしていて、寝相はあまりよくなさそう。

……それにしても。

もふもふ傭兵団っ!!　さ、触りたいっ!!

思わずわなわなと震えてしまう。でも悲鳴を上げないように、口を押さえた。
ラ、ライオンさん！
大きくて凛としていて、貫禄《かんろく》のある真っ黒な出《い》で立《た》ち。その立派な鬣《たてがみ》に、顔を埋めては駄目ですか？　抱きついては駄目ですか？

昨日のジャッカルさん！

もといセナさんの耳が、ピクピク動いていて愛らしい。あぁ、もふもふの尻尾を撫《な》で回したい。

白いチーターさんことリュセさんは、陽射しを避けるように、丸みのある手で顔を覆《おお》っている。その肉球、ぷにぷにさせてもらえないでしょうか。

青い狼のチセさんは……大きな口から鋭利な牙《きば》が丸見え。そのワイルドさを表すようなボサボサの毛並みだけど、できることなら心ゆくまでブラッシングしたい。

あぁ、もうもふもふ傭兵団にお目にかかれないと思ったのに。寝ていると獣人の姿になってしまうのですか？　ありがとうございます。是非とも、もふもふさせてください！

……いいえ、落ち着くのよローニャ。

彼らはお客様。餌をねだりに来た野良猫ではないのだから、寝ているとはいえ、勝手に触ってはいけない。

駄目。絶対に駄目よ、私！　お客様を、なでなでもふもふしてはいけないわ！

グッと衝動を抑え込む。それから恐るおそる近付いて、食器を片付けようとした。

すると、途端にギロリッ。

もふもふ傭兵団が一斉に目を見開き、こちらを睨《にら》み上げてきた。もふもふでも、猛獣の姿なだけあり、ゾクリと恐怖を感じる。

「……お済みのお皿を、お下げ、しますね」

小声でそう伝えると、ボスさんがすぐに琥珀色《こはくいろ》の目を閉じた。

セナさんは、もふもふの手で私のほうに食器を寄せてくれる。それからもふもふの腕に頬擦りするように身をよじらせて、目を閉じた。

なんですか、その可愛い仕草は。

内心悶《もだ》えてしまい、手が震えた。なんとか眠りを妨《さまた》げないようにテーブルを片付ける。

隣のテーブルに行くと、リュセさんの白い尻尾がフリフリと揺れていた。リュセさんは目を閉じたまま。でも遊んでいるかのように、くねくねと尻尾が動いている。

気になって気になって仕方ない。

揺れる尻尾を視界に捉《とら》えつつ、空《から》のコップに手を伸ばすと――

「グルル……」

チセさんがギロリと目を開き、小さく唸《うな》った。だけどすぐに、うとうとしながら瞼《まぶた》を閉じて「くかー」とイビキをかき始める。

ホッとしつつ食器を下げていると、足にふわりと何かが触れる。

ビクッと震え上がり目を落とすと、それはリュセさんの尻尾だった。

リュセさんは顔を上げ、ぼんやりと私を見上げる。そして丸みを帯びた猫の手で頭をくしゃくしゃかくと、プイッとそっぽを向いた。それに合わせて、尻尾まで反対側に移動してしまう。

……これじゃ尻尾が見えない。せめて揺れる尻尾を眺めていたかった。トホホ。

食器を片付けたあと、カウンターからお昼寝中のもふもふ傭兵団を観察する。

陽射しが強くて、寝苦しそう。

日向ぼっこにしては、眩《まぶ》しすぎるかもしれない。

窓のシェードを下ろしたいけれど、近付くとまたお昼寝の邪魔になってしまいそう。

そこで私は、カウンターに立ったままシェードを下ろすことにした。

エプロンのポケットから指輪を取り出し、右手の中指に嵌《は》める。

これは、念力を発動させることができる魔法アクセサリー。

魔法は、すべての人が使えるわけではない。魔力が充分にあり、使い方を学んだ者だけが使えるのだ。だけどこういった魔法道具があれば、誰でも気軽にその力を発動させることができる。ちなみにこの指輪はラオーラリングと呼ばれるもので、私が手作りした。

リーフをモチーフにした金色のリングには、二つの石が埋められている。ラピスラズリの石と、私の魔力をかためて作った魔石。二つの石は花のようにも見える。

何を隠そう、お店が忙しい時にはこのリングの力を使っていたのだ。注文に追われた際、キッチンでこっそり使用する。

私は窓のシェードを下ろす動作をイメージしつつ、静かに右手を下ろす。すると、シェードは音も立てずに下りていき、陽射しを遮《さえぎ》った。

二つあるシェードを下ろし終えたところで、ボスさんが顔を上げていることに気付く。まずはシェードを一瞥《いちべつ》し、次はこちらに琥珀色《こはくいろ》の瞳を向ける。その瞳は、私の右手の指輪を捉《とら》えていた。

……こういった魔法道具は、店で買おうとすると非常に高価だ。それに王都から離れた田舎街では、まず入手することが難しい。不審に思われただろうか。

「……」

すべての色を呑み込んでしまったかのような、純黒《じゅんこく》の獅子。その琥珀色《こはくいろ》の瞳には強い光が宿っていて、とても穏やかに見えた。

獲物を見るような鋭い眼差《まなざ》しでも、こちらを威嚇《いかく》するような睨《にら》みでもない。

やがてゆっくりと瞼《まぶた》は閉じられて、彼は眠りの世界に戻っていった。

私は静かに息をつき、キッチンに置いていた本を手にカウンター席に移動する。……もふもふが気になって仕方なかったのだ。

街の人達からの嫌われっぷりはすごいけれど、やっぱり悪い人達には見えなかった。

隣国から流れてくる荒くれ者達を相手にしている傭兵団。お城に仕える騎士とは違い、柄《ガラ》が悪く見えるのは仕方ないだろう。

街のお店に我がもの顔で居座って暴れるという話にも、きっと何か事情があるのだと思う。

――治安を良くするため、この街の領主に雇われてるんだよ。アンタみたいに弱い娘を守るのも、オレ達の仕事なーの。

リュセさんの言葉を思い出す。

彼らは、うちのお店を警備してくれるつもりだったようだ。他のお店の人達にも同じような話を持ちかけて報酬《ほうしゅう》をくれと話していたとすると……誤解が生じてもおかしくない。

ただでさえ、人は獣人族を恐れているのだから。

……ちょっと私と似ているかも。

『王都東南の支配者』と呼ばれているガヴィーゼラ伯爵家。伯爵家の娘である私にも、そのイメージは付きまとっていた。加えて王弟殿下のご子息と婚約していたから、学園の生徒達の多くは、畏《おそ》れ多いと遠巻きにするか、取り入ろうとするかのどちらかに分かれた。

私の内面ではなく、外側を見て判断する人達ばかり。

とはいえ、私も積極的に他人と関わろうとしなかったのだから、おあいこかもしれない。学園を出てガヴィーゼラ伯爵家とも決別し、私は新たな暮らしを始めた。この暮らしの中で、以前と同じことを繰り返すのは嫌だ。

私が接した獣人さん達は、決して悪い人達ではない。出禁にする理由なんてない。

……稼ぎは減るかもしれないけれど、拒むのはやめよう。

私はそっと立ち上がってキッチンへ向かい、音を立てないように注意しながらラテを淹《い》れた。口に含むとほどよい甘さが温かく広がり、ホッとする。

ラテを片手に再びカウンター席に座り、何気なく砂時計をひっくり返す。読書をしながらまったりと過ぎていく時間に、私は目を細めたのだった。


一時間ほどして、セナさんが起きた。下りているシェードをぼんやり見つめて首を傾げたあと、リュセさん達を起こす。

大口を開けて欠伸《あくび》を漏《も》らすもふもふ傭兵団は、猛獣の姿をしていても可愛いの一言に尽きる。

「何かお飲みものはいかがですか？」

そう尋ねると、セナさんがまだ少し眠そうな様子で答えた。

「じゃあ、全員ジュースで」

オレンジジュースを人数分。キッチンに戻って手際よく準備し、トレイを手に店内へ戻る。

ジュースをテーブルに運ぶと、彼らはそれをサッと受け取り飲み干した。

……あぁ、コップを手渡して、少しでもその毛並みに触れたかった。

「ぷはー！　……じゃあ、行くか。今夜は骨のある奴が出てくるといいが」

「どうせ雑魚《ザコ》ばっかじゃん」

チセさんとリュセさんが立ち上がり、店を出ていこうとする。

もしかして、今日は夜遅くまで仕事なのだろうか。

一時間ちょっとのお昼寝だけで大丈夫かしら？

そんなことを考えていると、鼻先に黒いもふもふが現れた。ライオンの前脚——もといボスさんの右手だ。

私はハッと驚いて顔を上げる。

ボスさんは、爪の先に赤い小袋を下げている。お代……だろうか。

手を差し出してみると、ボスさんはその袋を私の手に落とした。

ジャラッ。

予想外の重さに目を見開き、私は慌てて袋の中を確認する。金貨がざっと十枚はありそうだった。

カランカラン。

扉のベルが鳴り、獣人さん達が出ていく姿が見える。

「あ、あの！　待ってください！　お代が多すぎます！」

お昼寝前、セナさんが「チップは弾《はず》む」と言っていたけれど……いくらなんでも、こんなにたくさんはもらえない。それに、もしかしたら間違えているかもしれないと、慌てて彼らを追いかける。

扉を開けて外に出ると、ボスさんだけがこちらを振り返った。そして——

「美味《うま》かった。また来る」

低い声でそう言い、歩き出すボスさん。

私は思わず呆《ほう》けてしまった。

ライオンの黒い尻尾がフリフリと揺れている。

「……あ、ありがとうございました！　またのご来店をお待ちしております」

離れていく彼らに聞こえるよう大きな声で挨拶《あいさつ》すると、ボスさん以外が立ち止まり、振り返った。

私は笑顔で手を振る。

セナさんとリュセさんはすぐに顔を背け、再びすたすたと歩き出す。ただ、二人の尻尾は機嫌が良さそうに揺れていた。チセさんは戸惑った様子で手を振り返してくれ、先を行く三人を追いかけていく。

私は四人の後ろ姿が見えなくなるまで見送った。

そして、手の中の赤い小袋を見つめる。

本日はまったりできた上に、かなり儲けてしまいました。

店舗兼自宅の建物は、令嬢時代に貯めていたお金で購入できたから、家賃がかからない。コーヒー豆や果実の収穫は妖精達に頼んでいて原価がほぼゼロだし、従業員は私一人で人件費を考える必要もない。

もともと喫茶店で儲けようとは思っていなかったこともあり、売り上げは一日金貨一枚で充分だ。

もし今後も獣人傭兵団の方々が定期的に来てくれるのなら……

午前中はいっぱい働いて、午後はもふもふな彼らを眺めながらまったりする。そんな一日を月に何度か過ごせるかもしれない。

なんて素敵なスケジュール。

チップ込みで金貨十枚はさすがに多いから、そこはやっぱり辞退したい。なんだか罪悪感を覚えてしまうし……

私はそんなことを考えつつ、しばらく様子を見てみようと決めて、店の中に戻ったのだった。

4　下心のお客さん。

翌朝の開店準備中、ロト達に掃除を頼み、街の市場に買い出しへ向かうと、たくさんの人達から声をかけられた。獣人傭兵団に暴力を振るわれたり、恐喝《きょうかつ》されたりしたのではないかと、心配していたらしい。

「いえ。皆さん、噂とは違って怖い人達ではありませんでしたよ」

にこやかに否定したのだけれど、「きっと、たまたま機嫌が良かったんだね」と皆に言われた。

確かに、食事のあとに店でお昼寝をするくらいだから、気まぐれなのかもしれない。猫科のライオンやチーターには、気分屋なイメージもあるし。

だったら、機嫌が悪いと暴れるのだろうか。うーん、昨日の彼らからはちょっと想像できない。

また護符《ごふ》を買うように言われたけれど、「大丈夫ですよ」と元気に返して、買いものを終えた。

家に帰る途中、背後から誰かに呼び止められる。

振り返ると、たまにお店に来てくれるお客さんの姿があった。私より一歳下の学生さんだ。赤毛で色白の彼は、そばかすの散った顔を真っ赤にしている。

「お、おはようございます！　今日もッ、お仕事頑張ってください!!」

「おはようございます。勉強、頑張ってくださいね」

「は、は、はいっ！」

挨拶《あいさつ》を返すと、彼はさらに顔を真っ赤にして走り去っていった。

私は思わず微笑んでしまう。

こうして純粋な好意を向けられることは嬉しい。ただデートにしつこく誘われるのは困るし、下心が透《す》けて見えるのも好きではない。

お店に来てくれる男性のお客さん達に、そのうちガツンと言ったほうがいいだろうか。

そんなことを考えつつ、私はお店に戻って開店準備を続けた。

オープンの看板を立てかけると、今日もたくさんのお客さんが来てくれる。

コーヒーを楽しむお客さん、ケーキを注文するお客さん、軽食を取りながら本を読むお客さん。

相変わらずカウンター席には男性のお客さんばかりが座っているけれど、数日前より騒がしくないような気がした。

笑顔で接客を続けて一段落つくと、カウンターに座っていた男性が声をかけてきた。

「ローニャちゃん。早く護符《ごふ》を買ったほうがいいよ」

「必要ないですよ」

「被害を受けてからじゃ遅いんだよ？　ローニャちゃん！」

心配してくれているのはわかるけれど、私は苦笑を漏《も》らしてしまう。

「あの、皆さんが言うほど怖くはなかったですよ。暴力を振るわれたり恐喝《きょうかつ》されたりもしませんでしたし、お店も壊されていません」

仮に暴れられてお店が壊されても、魔法でちょちょいっと直せるだろうし。

私の返答に、別の男性客がため息を漏《も》らした。

「ローニャちゃんは、優しいから……」

うーん、優しさから彼らを庇《かば》っているわけではないのだけれど。

「あの、皆さんは、どうしてそこまで獣人傭兵団を嫌厭《けんえん》するのですか？」

思い切って尋ねてみると、アクセサリー店を営《いとな》む男性が真っ先に声を上げた。

「それは恐ろしいよ！　奴らは、とてつもなく怪力だ！　人間一人――それも大男を軽々と放り投げたことだってあるらしい！　三階建ての建物くらいの高さまで飛んだそうだ！」

「はぁ」

私は、思わず気の抜けた返事をしてしまった。

大きな黒い獅子さんが、ひょいっと人を投げるところを想像する。なんだかアニメみたいね。

「本当だよ？　ローニャさん、信じてよ！」

アクセサリー店の男性は、ぐっと身を乗り出してくる。

そう言われましても……信じていないわけではなく、私にとって人が吹き飛ばされる光景は珍しくないのだ。

サンクリザンテ学園の授業の中には、戦闘の授業もあった。

女子生徒はそこまで激しい戦闘に参加していないものの、男子生徒はかなり激しく戦っていた。その際、吹き飛ばされる生徒も少なくはなかったもの。

学生時代のことを思い出していると、他の男性客が次々と声を上げる。

「ローニャちゃん、奴らは本当に危険なんだ！　猛獣らしく唸《うな》り、牙《きば》を剥《む》き出しにして襲いかかってくると聞いた！　噛《か》まれれば、致命傷だ！」

「奴らの爪は、このテーブルをも粉砕《ふんさい》できるらしいぞ！　どこかの酒場のテーブルがやられたそうだ」

「俺も聞いたことがある！　窓も粉々になったって話だぞ！　別の店では、扉と壁に大穴が空いたらしい！」

……次から次へと話が出てくるけれど、どうやら全部伝聞なのね。

「あの、皆さん、実際に見たことはないんですか？」

そう尋ねると、お客さん達は困ったように顔を見合わせる。

これは、噂に尾ひれがついているのかもしれない。このままだと、恐怖ばかりが募《つの》って、彼らの本来の姿が見えなくなってしまう。

その時、ふと名案を思いついた。

「そうだ！　獣人傭兵団の皆さんは、またお店に来てくれると言っていました」

せっかくだから、この店で交流してみては……そう続けようとしたのに、カウンター席に座っていた男性のお客さん達は、一斉に帰り支度を始めた。

そしてお財布を取り出し、そそくさと帰ってしまう。

テーブル席に座っていた女性のお客さん達も、少し戸惑った様子で声をかけてきた。

「あの、これから獣人傭兵団が来るんですか？」

「いえ、今日いらっしゃるかはわかりませんが」

私がそう答えると、彼女達はしばらく考え込み、やがて席を立った。そして申し訳なさそうにお財布を取り出す。

「ごめんなさい、まだ飲みものしか頼んでいないのに……」

「いえ、お気になさらず」

「あの……ケーキの持ち帰りってできますか？」

その問いかけに、私は頷いた。

「大丈夫ですよ。何をお包みしましょうか？」

すると他の女性のお客さん達からも、ケーキやサンドイッチを包んでほしいとお願いされた。

……ここに来て、お持ち帰り用の箱が役に立つとは。

お店のオープン時に準備したものの、一度も使ったことのなかった白い紙の箱。私はそれにケーキやサンドイッチを詰めて、お客さん達に手渡した。

ふと時計を見ると、十二時を少し回ったところ。

今日は獣人さん達、来るかしら？

……昨日の今日だし、そんなに頻繁には来ないかもしれない。

店内を片付けていると、何組かお客さん達がやってきて、テイクアウトを頼まれた。どうやら、先ほどの女性のお客さん達から聞いたみたい。だけど、席についてくれるお客さんは一向に来なかった。

……早くも、午後は獣人傭兵団が来るお店だと噂が広まっているのだろうか。

このままだと、彼らが来ない日も、午後は閑古鳥《かんこどり》が鳴いてしまうかもしれない。それはちょっと困る。

テイクアウトのメニューを充実させて、売り上げをカバーできるようにしたほうがいいかしら。そうなると、ケーキの種類を増やしたほうがよさそうだ。

もし喫茶店が立ちいかなくなった場合、最終手段としては、精霊の森で暮らすという方法もある。令嬢をやめると決めた時、私と契約している精霊が、森に住めばいいと誘ってくれたのだ。

すぐにお店をたたむつもりはないし、最後まで全力を尽くすつもりではいるけれど、いざとなったら精霊達を頼ろうと思う。

そんなことを考えていると、カランカランと扉のベルが鳴り響いた。

「麗《うるわ》しのローニャさん、こんにちは」

パッと振り返ると、扉の前に華やかな男性が立っていた。

プラチナブロンドの巻き毛をお洒落《しゃれ》にセットし、淡い紫のコートを軽く羽織《はお》っている。その下には白いシャツと白いベストを着込み、ベストには花の刺繍《ししゅう》が施《ほどこ》されていた。

彼の名前は、マックウェイさん。隣街のセドリックで、喫茶店のオーナーを務めている。まったり喫茶店を開店したばかりの頃、噂を聞いて足を運んでくれた。以来、何度かお客さんとして来てくれている。それはありがたいんだけど――

「例の件、考えてくれたかい？　僕の店で是非、働いてくれ」

――来るたびにその話をされて、正直なところちょっと困っている。

「いらっしゃいませ、マックウェイさん。ありがたいお誘いですが、お断りします」

にっこり笑って彼の話を流し、席に案内しようとする。すると、彼がグイッと迫ってきた。

マックウェイさんが付けているコロンは、匂いが強すぎて、むせてしまいそうになる。だけど、ここでむせては失礼にあたる。笑顔を保ちつつ、私はなるべく息を止めて耐えた。

「どうしてだい？　君のように美しい女性が一人で働くなんて嘆かわしい。聡明で才能があるのならば、なおさらだ。ローニャさん。考え直してくれ」

私の手を両手で握りしめ、熱く見つめてくるマックウェイさん。

「あの、本当にその気はありません」

「相変わらずつれないね。あぁ、そうだ。君の店に獣人傭兵団が来たと聞いたよ」

「……」

突然話題を変えられて、私は目をぱちくりさせる。

彼は、本当にマイペースな人だ。あまり好きなタイプではないものの、お客さんを選り好みするわけにはいかない。

私は笑みを崩さないように注意しながら、「ええ」と頷いた。

「大変だったね。怪我はなかったかい？　今日は、これを渡しに来たんだ。今後は必要になるだろう」

そう言って彼がポケットから取り出したのは、小さな箱。

グイッと差し出されて思わず受け取ってしまったけれど、なんだろう？

開けるように促《うなが》されて中を見ると、獣除《よ》けの護符《ごふ》が入っていた。

私の手におさまるくらいの、ライトブラウンのクリスタル。中心には、鍵穴に似たマークが浮かんでいる。

「これを建物に貼っておくだけで、獣人は近付くこともできなくなるよ」

「……せっかくですが、私には必要ありません」

私はそれを返そうとするが、彼は頑《がん》として受け取らない。

「遠慮しないでくれ。君にとっては値の張るものかもしれないが、僕にとっては大した額じゃない。君にもしものことがあったら、息もできないからね」

……金額の問題で遠慮しているわけではないのだけれど。それに私は今、あなたのコロンのせいで息がしにくいです。

「遠慮じゃありません。私は獣人傭兵団の皆さんをお客さんとして迎え入れたいと思っているんです」

「ああ、君は優しいね。でもその優しさを踏みにじるのが傭兵なんだ。よし、君が傷付く前に僕が貼ってあげよう」

マックウェイさんは、箱から護符《ごふ》を取り上げる。

とその時、カランカランと扉のベルが鳴った。

マックウェイさんの肩越しに扉を見ると、そこには大きな純黒《じゅんこく》の獣人が立っていた。

昨日と変わらず、獅子の鬣《たてがみ》はとても立派だ。

振り返ったマックウェイさんは、かちんと硬直している。

一方、純黒《じゅんこく》の獅子——ボスさんは、彼を見ていない。その琥珀色《こはくいろ》の瞳が向けられているのは、彼の手元にある護符《ごふ》だ。

ボスさんは、おもむろに黒い手を伸ばす。そして、ふっくらした毛から覗《のぞ》く爪でそれを摘まむと、パキンッと潰してしまった。見事なくらいに粉々だ。

この護符《ごふ》は、建物に貼ることで効果が現れる。貼るまでは、ただのクリスタルに過ぎないのだけれど……いとも簡単に爪で潰してしまうとは。

獣人の怪力、恐るべし。

私がびっくりしている間に、ボスさんは昨日と同じ席にどっかり座った。

今日は、服装が乱れている。上着の下に着ているYシャツのボタンは全開で、真っ黒な上半身が惜しみなく晒《さら》されていた。

「うお、くっせ！」

そう言って入ってきたのは、青い狼の獣人チセさん。そのあとには白いチーターのリュセさん、緑のジャッカルのセナさんも続き、三人とも鼻を押さえて昨日の席に向かった。

「だぁーあー、腹減ったーぁ」

チセさんはそう言って、ソファに深く座る。

ボスさんの向かいに座ったセナさんもぐったりとテーブルに顔を伏せ、リュセさんは力なくソファに凭《もた》れた。よく見ると、白い毛が汚れて、ところどころ赤く滲《にじ》んでいる。

なんというか、ボロボロだ。鉄と火薬の匂いもする。

激闘の帰り……だろうか。

思わず彼らに見入っていると、ボスさんが唸《うな》るように言った。

「――おい」

ボスさんの目は、私の後ろに向けられている。パッと振り返ると、マックウェイさんが店の扉に手をかけていた。

「てめぇ、注文もしねぇで帰るつもりか?」

彼が注文していないって、よくわかったな。確かに、店内にはお客さんがいたような形跡はないけれど……すごい洞察力。

思わず感心していると、マックウェイさんの震える声が聞こえた。

「あ、あの……では、ラテを……」

先ほどまでの自信に満ちた表情はどこへやら。彼は気の毒なほど顔を真っ青にし、ガクガク震えている。

「かしこまりました」

私は手早くラテの準備をして、蓋《ふた》つきのカップに注《そそ》ぐ。これは、店内で使用しているカップだ。テイクアウトのメニューを充実させるなら、飲みものも一緒に持ち帰れるように容器を準備したほうがいいわね。

温かいラテをマックウェイさんに手渡すと、「あ、ありがとう。おつりはいいよ」と銀貨一枚を置いて帰っていった。

「なぁ、ねーちゃん！　ベーコンあるなら、それをステーキ風にテキトーに焼いてくれよ！　サンドじゃあ、すぐに腹が減ってしょうがねぇ！」

チセさんの声が店内に響き、私はテーブル席に向かう。彼は片膝を立ててソファに座っている。

「チセ。敬意を持って呼べ」

ボスさんが低い声を放つと、チセさんは大袈裟なくらいにビクンと震えた。そしてそろそろと足をソファから下ろし、小さく震えながら口を開く。

「て……てん、店長……？」

威張っていた大型犬から一転、怖がりの子犬みたい。

思わず笑ってしまいそうになったけれど、私は必死に耐えた。

「ベーコンはブロックで仕入れたので、お出しできますよ。ステーキ風ですね」

「……た、頼む」

チセさんからリュセさんに目を移すと、彼は左手をペロペロ舐《な》めながら言う。

「じゃあ、オレもベーコンステーキでいいや」

猫の毛づくろいみたいで可愛い……じゃなくて。

「あの、怪我をしているんですか？」

「返り血だよ」

「……タオル、お持ちしましょうか？」

「いらない。もう乾いてるから、汚さねーよ」

いろいろ想像しそうになるけれど、やめておく。

そして店内が汚れることより、リュセさんが汚れていることが心配だ。とても美しい純白の毛並みなのに。

「なぁー、ねーちゃ……いや、店長、急いでくれよー」

空腹でもう限界と言わんばかりに、チセさんがボサボサの尻尾をパタパタ揺らす。

その様子を微笑ましく思いつつ、緑のジャッカル――セナさんに目を向けると、彼は寝ているようだった。よほど疲れているのかしら。

「寝かせてやってくれ。あとで注文する」

ボスさんがそう言うので、セナさんはそのまま寝かせてあげることにする。

それからボスさんもベーコンステーキを頼み、飲みものは全員昨日と同じでいいと言った。私はキッチンに戻ろうとして、パッと振り返る。

「あの……ニンニクは大丈夫ですか？」

「あん!?　オレ達は魔物じゃねーよ!!」

テーブルに顎《あご》を乗せたチセさんが、苛《いら》立《だ》ったように言う。

前世で、ニンニクは食用に限らず、魔《ま》除《よ》けとしても用いられていた。この世界でも同じように、魔物除《よ》けに使われることがある。

だからチセさんの癇《かん》に障《さわ》ってしまったみたいだけど――

「あの、違うんです。さっきの方のコロンを嫌がっていたようだったので、ニンニクの匂いを気にするかな、と思いまして」

「あれは嫌だけど、ニンニクは気にしねーよ」

「そうでしたか、失礼いたしました」

私はぺこりと一礼し、キッチンに入る前にカウンターへ向かう。そしてカウンターの下の棚にしまっていた匂い取りの袋を取り出して、砂時計の横に置いた。さっきのコロンの残り香があるかもしれない。

昨日と同様、先に飲みものを運んだあとで、ステーキ作りを始める。

ブロックベーコンはすでに塩漬けされているものだから、味付けは控えめに。ステーキサイズに切り分けて、軽く胡椒《こしょう》とローズマリーを振りかけておく。

お次はニンニクを切り刻み、オリーブオイルを引いたフライパンに投入。弱火でじっくり炒め、オリーブオイルに風味がついたら、ベーコンを焼く。焼き加減に注意しつつ、サラダも作った。これは、サンドイッチに入れる量と同じくらいにしておく。

こうして、シンプルなベーコンステーキが完成した。

テーブルに運ぶと、「おお！　すげぇ！」とチセさんの尻尾が激しく揺れる。

「うめー！　超うめー!!」

手間はかけていないのだけれど、絶賛された。

大きな口を開き、牙《きば》を剥《む》き出しにして笑う狼さん。大きな青い尻尾は、ぱふんぱふんっと椅子の上で跳ねている。

思わず尻尾に注目してしまうけれど、凝視《ぎょうし》しては駄目。失礼にあたるかもしれないもの。

……とはいえ、ここまで喜んでもらえると、すごく嬉しい。

「ありがとうございます！　良かった、お口に合って」

「欲を言えば牛がよかったけど。おかわりくれ……じゃなかった、頼む！　店長！」

「はい、かしこまりました」

牛肉はブロックで仕入れていないので、残念ながら提供できない。ただ、ベーコンステーキを気に入ってくれたようで何よりだ。

なんだか狼の餌付《えづ》けに成功した気分。

「あぁ、美味《うま》い。……セスは毎回、焦がすからな」

セスさんというのは、他の獣人さんのことだろうか？

チセさんが呟いたお名前に疑問を持ちつつ、リュセさんを見る。

「久々だぜ、こんな美味《うま》い肉」

彼も満足げに、ステーキを口に運んでいた。

ボスさんに目を向けてみれば、もくもくと食べている。私と目が合うと、少しお皿を持ち上げた。

彼もおかわりをご所望かしら。

「おかわりですか？　かしこまりました」

ボスさんが頷いたので、キッチンに戻り、おかわり分のステーキを焼くことにした。

――おかわりを席に運ぶと、チセさんは機嫌良く平《たい》らげてくれた。ボスさんも完食。

先に食べ終わっていたリュセさんは、長い尻尾を大きく揺らし、眠っているセナさんの様子を覗《のぞ》き込む。

「セナ、ほんと体力ねーよな」

チセさんがそう言うと、「セスよりましだろ」とリュセさんが答える。それからリュセさんは、手を伸ばしてシェードを下げた。

「ただ無駄に多かったよなー、今回は。なんて賊《ぞく》だっけ？」

「知らね。あんだけ束《たば》になってもオレ達に敵《かな》わねぇんじゃ、意味ねーのにな」

……やっぱり、この四人は相当強いのね。

やがてチセさんは、豪快に欠伸《あくび》をした。

「ちょっと寝るな？　店長」

「……はい、どうぞ」

そんなに疲れているのなら、家に帰ってベッドで休んだほうがいいと思う。だけどセナさんはまだ起きる気配がないし、チセさんもリュセさんも、すぐに目を閉じてしまった。

キッチンで食器の片付けをしてから店内に戻ると、チセさん、リュセさんはぐっすり眠っていた。

ボスさんは、上着の袖をまくって右手をペロペロと舐《な》めている。

そっと近付くと、セナさんがちょっと苦しげに眠っているのがわかった。……さっきからずっとテーブルに突《つ》っ伏《ぶ》した姿勢だもの、くつろげないわよね。せめて、ソファに横になったほうがいいと思う。

私は小声でボスさんに尋ねてみた。

「彼を横にしてあげてもいいですか？」

「……構わない」

許可をいただいたので、セナさんの肩をそっと支えて、ゆっくりとソファに寝かせようとする。すると次の瞬間――

ぽすん。

セナさんの頭が、私の左肩に凭《もた》れてきた。

変な悲鳴を上げそうになり、必死に堪《こら》える。セナさんはピクンと耳を震わせたけれど、起きる気配はなかった。

ふわふわの毛並みが気持ち良く、このままぎゅっと抱きしめてしまいたい衝動に駆られる。

それをなんとか我慢しつつ、彼をソファに横たえると、名残惜《なごりお》しさを感じながら手を離した。

あぁ、もっともふもふに触れていたかった。

ふとボスさんに目を向けると、彼はまだ右手を舐《な》めていた。もしかして、怪我をしたのだろうか。

私はボスさんの隣に膝をつき、じっと見上げる。

「あの、手当てをしていいですか？」

そっと小声で問いかけた。

しばらくして、ボスさんは右手を差し出してくれる。やっぱり、怪我をしていたみたい。

真っ黒な獅子の手は、毛に覆《おお》われていて、どこを怪我したのかよく見えない。だけど、治癒魔法ならなんとかなるかな。

私はその手を両手で包み込み、脳裏に魔法陣を思い浮かべる。

治癒魔法は、魔力があり、魔法陣を知っていれば使うことができる。ただし、魔法陣のイメージが曖昧《あいまい》だと発動しないため、注意が必要だ。

やがて私の手がふわりと光り、ボスさんの手の重さが増したように感じられた。これは、治癒の手応《てごた》えだ。この重さがなくなったら、治癒は完了。

しばらく集中し、重みがなくなったところで、ボスさんに「終わりました」と声をかける。

ボスさんは自身の右手をまじまじ見つめたあと、私の頭の上にそれをぽふっと置いた。

そしてぽんぽんと軽く頭を撫《な》でたあと、ソファの背に凭《もた》れかかり、眠ってしまう。

私はちょっと放心しながらキッチンに戻り、椅子に腰かけた。

もふもふの手に、ぽふぽふされてしまった。嬉しい！

ああ、毎日来てほしい！

――それから一時間ほどして、四人は目を覚ました。

セナさんはサンドイッチとラテを注文し、チセさんはまたもやベーコンステーキを注文する。本当に大食いだ。

「ごちそーさん！　店長！」

今日は、ご機嫌なチセさんがお代を払うらしい。テーブルに金貨が三枚置かれた。たくさんおかわりをしたとはいえ、こんなにはもらえない。そもそも昨日のお代からして、多すぎる。むしろしばらくの間は、お代なしで食べてもらってもいいくらいだ。

「あの、多すぎます！」

金貨を返そうとしたけれど、チセさんは「まったなー！」と告げてさっさと店を出ていってしまう。他の三人も同様だ。

仕方なく、私は店の扉を開けて四人を見送る。

「ありがとうございました。あの、よかったら、また明日も来てくださいね！」

するとチセさんが振り返り、今日は笑顔で手を振ってくれた。

5　甘さをご所望。

獣人傭兵団の皆さんがお店に来るようになって、十日ほどが過ぎた。

最近は、カウンター席に陣取っていた男性のお客さんはほとんど来なくなり、かわりにコーヒー好きなお客さんや、女性のお客さんがたくさん来るようになった。

獣人さん達は、毎日ではないにしても、頻繁にやってくる。それもあり、午後はテイクアウトのお客さんしかやってこない。そのお客さんも、窓の外から店内をうかがい、獣人さん達がいないことを確かめてから入店しているようだ。

今のところ、喫茶店の経営は順調だ。

獣人さん達が支払ってくれるお代は多すぎるので、いつか返そうと思って取ってあるのだけれど……それを差し引いても、私一人ならなんとかやっていけそう。

それに、まったりできる時間が増えてとても嬉しい。

女性のお客さん達からケーキの感想を聞きつつ、メニューをあれこれ検討する時間もできた。

「ケーキなら、この店がいい！」

昨日は、そんな嬉しい言葉までもらえたのだ。すごく幸せ。

女性のお客さんの多くは、フルーツがたくさん載ったケーキが好きだという。だけどこのあたりのお店ではなかなか食べられないと言うので、メニューを増やしたいと思っている。

今日も、十二時を過ぎるとお客さんがぱたりと来なくなる。

私は、さっそくフルーツのケーキを試作してみることにした。

キッチンに向かい、砂糖を取ろうと上の棚を開く。するとそこには、小さな妖精ロトの姿があった。私が作ったマシュマロを盗み食いしている。

この頃はケーキの売り上げも好調で、ロト達がお腹いっぱい食べられるほど余らない。どうやら糖分不足だったようだ。

ライトグリーン色の蓮華《れんげ》に似た頭が、ぽっと赤く染まる。ロトは、マシュマロを口いっぱいに頬張ったまま、ぷるぷる震えた。つぶらなペリドット色の瞳も潤《うる》んでいく。そして、弾《はじ》かれたように土下座をした。勢いがつきすぎたようで、弾力のある小さな頭が、棚の底板にあたって弾《はず》む。

ぽよんっ、ぽよんっ。

必死なところ悪いけれど、可愛くて仕方ない。

「ふふ。じゃあ、食べた分しっかり働いてください」

これ以上頭をぶつけないように、頭と底板の間に指を入れる。それからロトの頬をそっと撫《な》でると、マシュマロのようにふわふわしていた。

ロトはパッと立ち上がり、バネのようにビヨンと伸びて敬礼する。

きっと、他の子達も糖分不足だろう。せっかくだからたくさん試作して、試食してもらおうかな。

私はロトに、他の仲間達を呼びに行き、果物も持ってきてほしいと頼んだ。

やがて現れたロト達は、小さな体でたくさんの果物を運んできてくれた。

私はその果物を使って、タルトとショートケーキ、ガトーショコラを作る。

チョコレートでコーティングした苺《いちご》が余ったので、ケーキを試食する前に、ロト達といただく。

「んー、チョコレートは苺《いちご》に合うわね」

そう呟くと、ロト達は同意するように、コクンコクンと頷いてくれた。

苺《いちご》を使ったケーキは、きっと皆好きよね。

それから……前世にはなかった果物も使ってケーキを作ってみたい。

たとえば、ベリーヴァという果物。見た目は大きなラズベリーのようで、葡萄《ぶどう》みたいに実が集まっている。その一つひとつの実は赤く綺麗で、蕩《とろ》けるように甘い。

ベリーヴァを丸ごと使ったケーキ祭りもいい。ちょうど旬でもあるし。

ジュレにして飾り付けたら、宝石みたいに見えるかも。目でも楽しめるスイーツは、女性が大好きだもの。きっとお客さん達は、喜んでくれるはず。

「明日はベリーヴァも摘んできてくれる？」

ロト達の体より大きな果物だから、大変かもしれないけれど……

私がお願いすると、ロト達は口の周りにチョコを付けたまま「あいっ」と敬礼してくれる。そして――

ぼふっ！

はかりの上に立っていたロトがバランスを崩し、砂糖の入ったボウルの中に落ちてしまう。ふわりと砂糖が舞い上がり、ロトはぎゅっと目を閉じた。

その可愛らしい姿に、思わず笑ってしまう。

とそこで、カランカランとベルの音が響く。

次の瞬間、ロト達はギョッとしたように飛び上がり、作業台の上であたふたし始めた。

刹那《せつな》の大混乱のあと、ロト達は巨大なマシュマロのように体を寄せ合う。そこに、先

ほど砂糖のボウルに落ちたロトがやってきて、空《から》の巨大なボウルを一生懸命かぶせた。

一仕事終えたその子は、ふうっと息を吐きつつ、今度は自分がどうしようかとバタバタする。丸い頭を左右に振りながら隠れ場所をあちこち探し、最終的には私のエプロンのポケットにダイブしてきたのだった。

可愛らしすぎて、私は堪《こら》えきれずに笑い声を漏《も》らす。

「てんちょー」

「はーい」

チセさんの声だ。

店内に顔を出すと、ちょいワル風な長身の男性が二人立っていた。

純黒《じゅんこく》の髪をオールバックにした男性と、青い髪を同じように後ろへ流した男性。ボスさんとチセさんの人間の姿だ。

今日はもふもふじゃないのね……ちょっと残念に思いつつ、私は「いらっしゃいませ」と笑いかける。

「誰かいるのか？」

ロト達の声が聞こえたのだろうか。チセさんがキッチンのほうを気にしている。

ポケットの中からびくんと振動が伝わってきたので、私はそっと手を入れて、大丈夫だと伝えるようにロトの頭を撫《な》でた。

どうはぐらかそうかと考えていると、チセさんは目を見開いて、キッチンのほうに走っていく。

「なんだそれ！」

ロトが見つかったのかと振り返ると――

「美味《うま》そう！　くれよ、食べる！」

チセさんの目は試作品ケーキに釘付けだった。

「ああ、それは試作品です。商品ではないのですが」

……ロトのほうじゃなくてよかった。美味《おい》しそうだなんて言われたら、ロト達が泣いてしまう。

「おま……いや、店長が一人で食うのかよ？」

「……いえ」

「じゃあオレ達が食ってやる！」

チセさんはニカッと笑うと、カウンター席に座る。その隣にボスさんも腰かけたので、彼も食べるつもりらしい。

「あの、先にお食事からされますか？」

「いや！　ステーキはあとあと！　飲みものは、いつものな！」

チセさんにとって、ステーキは別腹なのでしょうか。

「かしこまりました。……今日はお二人だけですか？」

「来るぜ。セナは報告書を作ってて、リュセはヨソ者の女にナンパされてる」

なるほど、セナさんはまだお仕事中。リュセさんは、他の街から来た方にナンパをされていると。さすがに、この街の人でリュセさんをナンパする人はいませんよね。

「リュセさんは、かっこいいですもんね」

「……店長、リュセがタイプなのか？」

コーヒーとジュースの準備をして先に運ぶと、なんだか不服そうな表情のチセさんが目に入った。

私は、「そうかもしれませんね」とあまり深く考えずに返す。

「ふーん。女はああいう顔が好きなんだな。アイツ、しょっちゅうナンパされてるし。けど、それでアイツが喜ぶ理由がわっかんねー」

あら、やっぱりリュセさんはモテるのね。

「ナンパはお嫌いですか？」

何気なく尋ねると、チセさんは頬杖をついて言う。

「店長も言い寄られてたよな？　この前のコロンまみれの野郎とか。ナンパ、嫌じゃねーの？」

「……昨日の方はお客さんでもありますし。見返りを強いられるのは困りますが、好意を抱いてもらえることは……嬉しいとは思います」

下心が透《す》けている男性は苦手だけど、そこまで言うこともできず、私は曖昧《あいまい》に答えた。

「しつこい奴がいるなら、追い返してやるよ」

「大丈夫ですよ」

傭兵団の手を借りるほどのことではないので、と笑って断る。そしてキッチンに戻り、ケーキを切り分けてお皿に載せ、再びカウンターに戻った。

チセさんは、まだどこか納得のいかない表情だ。

「まぁ、男のほうから言い寄るならわかるけどよー。女のほうから言い寄られて、なんで男が喜ぶんだ？　意味わかんね！　なぁ、シゼ！」

チセさんの視線の先にいるのは、ボスさん。

ボスさんは、シゼって名前なのね。呼び捨てにする仲なのは意外。ただの仕事仲間、という関係ではないのかもしれない。

ボスさん——改めシゼさんは、答えない。ただじっと私の手元を見ている。ケーキをご所望ですね。

「お待たせしました。フルーツタルトです」

盛り付けたフルーツが落ちないように、お皿をそっと二人の前に置く。

チセさんはフォークを持つと、苺《いちご》とキウイフルーツにぐさりと刺して、ぱくり。それからカスタードクリームとさくさくの生地をすくい、口の中に放り込んだ。

「んーっ！　うめえ!!」

チセさんがばっと顔を上げた瞬間、顔のまわりがきらきら光り、ぶわっと青い花が咲き広がった。

私は驚いて、ぱちぱちと瞬《まばた》きする。そしてよく見ると、青い花が咲き広がったわけではなく、青い狼の毛並みがチセさんの顔を覆《おお》っていた。

……人の姿から、獣人の姿になっている。

私は目を見開き、思わず口元を手で押さえる。

すると、チセさんの瞳がわずかに揺らいだ。気まずそうにうつむいて、狼の手で顔を隠す。

「わ、悪い……」

一方の私は、心の中で悶《もだ》えていた。

もふもふ……変身するところを目にしてしまいました！　すごい！

「あ、あの……もう一度やってくれませんか？」

「……は？」

「獣人への変化……初めて見ました。よかったら、もう一回見せていただけませんか？」

カウンターに身を乗り出して頼み込んでみる。チセさんは口を開けてポカンとした。

「……お前って、本当に変わってるよなー」

やがて彼の目がスッと細められ、大きな口は笑みの形を取った。

「いいぜ。見てろよ？」

チセさんは、狼の手で改めて顔を覆《おお》う。次の瞬間、まるで青い花がパッと散るように、青い毛が宙を舞い、溶けて消えた。いつの間にか、手も顔も人のそれになっている。

すごい。呪文も道具もなく、瞬時に変身。これが獣人族！

私が拍手すると、チセさんは笑みを深めて、また変身してくれた。

人の姿も素敵だけれど、私はやっぱりもふもふしているほうが好き。

その後、私が「おお！」と声を上げて拍手をするたびに、チセさんは姿を変えてくれた。

青い花が咲いたり散ったりするような変身。触ってみたいと思いながら、まじまじと観察する。

何度か変身を繰り返し、獣人の姿になった彼は、右手の肉球を私に見せた。

……触っていいんですか？

「ちょっ……タンマ……」

あ、違ったみたい。チセさんはげっそりした表情で、肩を上下に揺らしている。

「もしかして、疲れてしまいましたか？　すみません」

「いや。調子に乗りすぎた……短時間でコロコロ変わると、クラクラしてくるんだよ」

「魔力の消耗ですね。お水をお持ちします」

チセさんに水を出す。

魔力は、消耗しすぎると貧血に似た症状が起きる。だけど、魔法を使わずに休めばすぐに回復するのだ。

ふとシゼさんに目をやると、フルーツタルトはもう完食してしまったみたい。コーヒーカップの中身も空《から》だ。

……おかわりはいるかしら？

そんなことを考えていたら、チセさんがシゼさんの肩にポンと手を置いた。

「シゼ、パース」

パス？　首を傾げていると、シゼさんがじっとこちらを見上げてきた。

「見せてやるから。……チョコ」

彼が指差すのは、キッチンに置かれたガトーショコラ。

もしかして、おかわりを持ってきたら、今度はシゼさんが変身を見せてくれるのですか？

「はい、すぐにお持ちします」

チョコレートでコーティングした苺《いちご》とミックスベリーをたっぷり載せたガトーショコラ。果実が落ちないようにそっとお皿に盛り付け、シゼさんの前に置いた。

するとシゼさんは腰を上げて身を乗り出し、私の手をぐっと掴んだ。

……顔がとても近い。

後ろに流された黒い髪と、広い額。きりりと吊り上った黒い眉。睫毛《まつげ》は思ったより長く、琥珀色《こはくいろ》の瞳には意志の強そうな光が灯っている。

凛々《りり》しいシゼさんの顔に思わず目を奪われていると、その顔を黒い煙が瞬時に覆《おお》い、次の瞬間、純黒《じゅんこく》の獅子が現れた。

彼に掴まれていた私の手も、煙にまとわりつかれているみたい。くすぐったさを覚えて目を落とせば、そこには獅子の黒い手があった。

再び顔を上げて立派な鬣《たてがみ》に見入っていると、おもむろに彼の口が開かれた。そして大きな舌が、ペロリと私の頬を舐《な》める。ざらついていて、生温かい舌。

あまりのことに、私の思考は止まった。

「砂糖か。ついてるぞ」

彼の低い声を肌で感じてしまい、私はパッと身を引く。すると、彼の手がするりと離れた。

「あ、なんかキラキラしてると思ったら、砂糖か。お前の肌、白いからわかんなかった」

チセさんは、口にフルーツタルトを詰め込みながら、意に介した様子もなく言う。

……獣人にとって、顔をペロリとすることは、なんでもないことなのでしょうか。

私は異性に顔を舐《な》められたことに動揺すべきなのか、大きなにゃんこに顔を舐《な》められたことに動揺すべきなのか。後者でいいのでしょうか。

「まだキラキラしてるぜ。オレも舐《な》めてやろうか？」

「いえ、拭《ふ》きます」

チセさんにまで舐《な》められては、私の心臓がもたない。

とりあえず、冷静になろう。それに、頬の火照《ほて》りも冷ましたい。私は濡《ぬ》らした布巾で頬を軽く拭《ぬぐ》った。

そんな私をちらちら見つつ、チセさんはキッチンを指差す。

「店長。そこにあるの、もう全部くれよ」

おかわりどころか、残りすべてを要求されてギョッとしてしまう。

「え……お二人で食べきれるのですか？」

「食えるよ。セナも食べるだろうし」

そうか。獣人さんはお肉だけでなく、スイーツも好きなのか。

チセさんとシゼさんには貴重な光景を見せてもらったし、そこまで言うなら提供しましょう。

私はキッチンからケーキをホールごと運び、カウンターに載せていく。フルーツタルトとガトーショコラ、そしてショートケーキ。

目をキラキラさせるチセさんに、ガトーショコラを切り分けて渡す。そして、シゼさんにも同じものを差し出した。

「甘いもの、お好きなんですか？」

「んー、まぁまぁ。リュセもたまに食う程度。あ、セナは甘党だぜ。アイツ、よく角砂糖をガリガリ食ってるから」

ケタケタと笑いながら、チセさんは仲間の好みを教えてくれた。

セナさんは甘党なのか。砂糖を直接食べるくらいだから、ケーキは全般いけそう。来たら、おすすめしてみよう。

リュセさんには、食べられるものを聞くところから始めようかな。

シゼさんは……聞くまでもないか。

黙々とガトーショコラを頬張り、あっという間に完食すると、お皿を差し出してきた。

私は、再びガトーショコラを切り分ける。

隣のチセさんも、勢いよく食べている。彼は青い尻尾をブンブンと揺らし、「んめー！」と叫んだ。そして目の前のホールケーキを見つめ、首を傾げる。

「そういえば、なんでこんなに果物いっぱいなんだ？　余ってるなら、それも食べるぜ！」

チセさんは、スイーツ好きというより果物好きなのかもしれない。お肉と同じくらい果物が好きなんだろう。

「メニューに加えようと試作していたんです。どうですか？」

「へー！　うめーよ、どれも！」

気に入ってくれて何より。

その時、カランカランとベルの音が響いた。

店の扉に目を向けると、そこに立っていたのは、小柄な青年。

あの緑色の髪は、セナさんだ。彼も今日は人の姿でご来店。

「いらっしゃいませ」

にこりと笑顔で挨拶《あいさつ》する。

セナさんはカウンター席に座る二人を見ると、不思議そうに首を傾げた。

「さっきまで人間の姿だったのに……なんで変化してるの？」

「店長に見せてたんだよ」

「店長に？　……ふぅん」

セナさんは、深い緑色の瞳でじっと私を見つめてくる。

「初めて獣人族の変化を見ました。ご注文はいかがなさいますか？　お二人はケーキを食べていますが」

「……」

セナさんはシゼさんの隣に立ち、ケーキを見下ろした。

「あとにする。パストラミサンドとラテ」

「はい。かしこまりました」

「リュセはどこ？」

セナさんの問いかけに、チセさんが答える。

「ナンパだ」

「あっそう」

カウンター席に、三人が並んだ。

私はキッチンに入り、まずはラテを淹《い》れて先にお出しする。それからいつものように
サンドイッチを作り、セナさんに運んだ。

ちょうどその時、再びベルの音が鳴り響いて、お客さんの来訪を告げる。

「あれ。なんでカウンターにいるんだよ」

最後の一人、リュセさんがご来店。サラサラの白い髪に、整った顔立ち。彼は上着の
ポケットに手を入れたまま、怪訝《けげん》そうに顔をしかめた。

「ケーキを食ってる。うめーぞ」

笑顔で答えたのは、チセさん。

「答えになってねぇよ。メシはどうしたんだよ、メシは。店長さん、オレはいつもの」

リュセさんは昨日と同じテーブル席に座る。

「ベーコンステーキと、ミルク少なめのラテですね。今お作りいたします」

「あ、店長。オレも」

「はい、かしこまりました。シゼさんも召し上がりますか？」

チセさんも注文したからシゼさんも食べるかな、と思って尋ねてみる。

あ、初めて名前を呼んでしまった……良かったかしら？

少し不安に思っていると、純黒《じゅんこく》の獅子は私を見上げてコクリと頷いた。

念のため注文の確認をする。二人ともいつもと同じ、ベーコンステーキ。飲みもののおかわりは、チセさんがジュースでシゼさんはコーヒー。

カウンターに並べたケーキを横にずらし、私はキッチンへ入った。そして先に飲みものを準備して皆さんのもとへ運び、ベーコンステーキ作りを始める。

……ケーキ作りに使った道具は、先に片付けておけばよかったな。サンドイッチくらいなら、作業スペースが狭くても充分作れるけれど、三人分のベーコンステーキとなると、場所も取る。

私は店内の様子を少しうかがいつつ、ポケットからラオーラリングを取り出した。そしてベーコンステーキを作りつつ、魔法で作業台を片付けていく。

ちなみにロト達は……まだボウルの下にいるみたい。ポケットの中のロトも静かにしているし……獣人さん達が帰るまではこのままでもいいかな。

店内からは、チセさんとリュセさんの会話がかすかに聞こえてくる。

「さっきの女はどうしたんだよ？　リュセ」

「あ？　獣人だってバレたよ。てか、なんで変化してんの？　さっきまで人の姿だっただろ？」

「店長に見せてた」

「はぁ？」

やがて二人は、お仕事の話を始める。どうやらシゼさんがリーダーで、セナさんが副リーダーという立ち位置らしい。

道具の片付けを終え、焼き終えたベーコンステーキを盛り付ける。

あ、お皿が一枚足りなかった。

ラオーラリングを使って棚からお皿を取り出すと、キッチンの入り口から大声が聞こえた。

「うおーっ!!　魔法使ってる！」

私はビクリと震え上がった。エプロンのポケットもぶるりと震え、ボウルもガタガタッと反応する。

ハッと顔を上げると、カウンター横からキッチンを覗《のぞ》き込んでいるチセさんと目が合った。

「すげーすげー！　どこで習ったんだよ？」

私は苦笑しつつ、出来上がったベーコンステーキをカウンター席に運んだ。

「……お待たせしました。魔法は……この指輪に念じると、念力が発動するんです」

大した魔法ではないのだと、匂わせておく。

チセさんは席に戻り、目をキラキラ輝かせながら、フリフリと尻尾を揺らしている。

ベーコンステーキが目の前にあるのに、彼の目は私の指輪に釘付けだ。

以前、シゼさんには治癒魔法を使ったんだけど……どうやら、それは聞いていないみたい。

「へー、魔法道具ってやつか。たっまーに、魔法を使う賊《ぞく》がいるんだよなぁー。どこで覚えてくるのやら」

チセさんは、むっすりした表情で言う。魔法を使う賊《ぞく》の方に、嫌悪感を抱いているみたい。

「魔法の中には、本を読むだけで習得できるものもありますからね。あるいは、魔法道具を使っているとか」

国境付近の田舎街には、魔法を教わることができる学園がない。それに、魔法道具を扱っているようなお店もないので、魔法を使える人は少ないのだ。

……不審に思われないように、気を付けなくちゃ。魔法は、人前で極力使わないようにしよう。

一人頷いていると、テーブル席のリュセさんから声が上がる。

「そんな道具だけで、自分の身を守れると思ってんのー？」

あ、リュセさんにベーコンステーキを運び忘れていた！　私は慌てて彼のもとに料理の載ったお皿を運ぶ。

いつの間にか白いチーターの獣人に姿を変えていたリュセさんは、頬杖をつきながら私を見上げた。

なんだか、不機嫌。ソファから垂らした長い尻尾が、べしべしと床を叩いている。

「……この指輪は、持ち主の力以上のことはできません。手を触れずにものを持ち上げたり、動かしたりできるだけですから、護身用にはふさわしくないと思います」

「ふーん。でもこの前、アンタは自分で身を守れるって言ってただろ。なんでだよ？」

返答に困り、うーんと考え込む。魔法で対処できます、なんて言えないしなぁ。

ちょっと悩んでいると、背後からセナさんの声が聞こえた。

「リュセ……あまり困らせるな」

「……困らせてねーよ」

「それより、ケーキちょうだい、店長」

セナさんが助け船を出してくれたみたい。

私はリュセさんにペコリと会釈《えしゃく》をして、カウンターに戻る。そしてセナさんにショートケーキを切り分けた。「うん、美味《おい》しい」と感想をもらえる。良かった。

それからしばらくして、ベーコンステーキを食べ終えたチセさんとシゼさんに、ケーキのおかわりをお願いされた。

二人が先ほどまで食べていたのは、フルーツタルトとガトーショコラだ。せっかくなので、ショートケーキも食べてもらう。

「リュセさんも、どうですか？」

「……」

離れた席で尻尾をぺしぺし振っていたリュセさんに、声をかけてみる。すると、尻尾の動きがぴたりと止まった。

彼は「んー……」と考え込み、長い尻尾を再び揺らし始める。

私はその尻尾に見入ってしまった。

ゆったり、くねくねと動く白い尻尾。しなやかで、純白に艶《つや》めいている。

尻尾が右上にくいっと移動する。次は左下。

不思議な動きだなぁと思い、リュセさんに目を戻すと、視線が合った。ライトブルーの瞳が、じっとこちらを見つめてくる。

尻尾を凝視《ぎょうし》していたことがバレてしまっただろうか。私は思わず、視線をさっと上に逸《そ》らした。

「えっと……」

「……じゃあチョコのケーキ」

「は、はい。ただいまお持ちします」

特に何も言われなかったので、私は素知らぬふりで、ガトーショコラをリュセさんのもとへ運ぶ。

リュセさんは、ケーキをちまちまと食べた。

「やべー！　もう腹いっぱい！　セナ、もっと食えよ」

チセさんの言葉に、セナさんは呆れたような表情を浮かべる。

「そんなに食べられるわけないだろ」

「一つしか食ってねーじゃん！」

「チセが食べすぎなんだよ」

セナさんはチセさんに冷めた目を向けると、ラテをもう一杯頼んだ。

「大丈夫ですよ、ご無理なさらなくとも」

チセさんに向かって言うと、彼は険しい表情で唸《うな》る。

「いや！　全部くれって言ったんだ！　食えるとも言ったし！」

残ったガトーショコラ、フルーツタルト、ショートケーキを睨《にら》むように見つめるチセさん。

すると、隣からシゼさんがフォークを伸ばし、ガトーショコラを一切れ取る。それを ペロリと平《たい》らげると、今度はフルーツタルト。その後も淡々と食べ続けて、あっという間に完食。……すごい。

「お粗末様でした」

ペコリと頭を下げたところで、ハッとする。

「……あの。獣人傭兵団の皆さん」

おずおず切り出すと、皆が一斉にこちらを見つめた。

「これまで皆さんからは、たくさんのチップをいただいてしまいました。今日はそのチップの分から引きますので、お代は結構です」

もともと試作のケーキだしね。

私の提案に対し、チセさんとセナさん、リュセさんがシゼさんの表情をうかがう。シゼさんは、何も聞こえていないと言うようにコーヒーを飲んでいる。

すると、チセさんが代弁するみたいに口を開いた。

「店長。こっちは気持ち良く払ってんだから、素直に受け取れよ。駄目だ、今日も払う。チップも受け取れ」

「そう言っていただけるのは嬉しいですが、あまりにも多すぎます」

「減らせばいいんだな？　なら金貨一枚なら文句ねぇな？」

それ以上は譲らないと言うように、チセさんが身を乗り出して言う。私はしぶしぶ頷いた。

チセさんは牙《きば》を剥《む》き出しにして、にかっと笑う。そして意味ありげに、仲間達に視線を送った。すると、セナさんは口元を押さえてうつむき、テーブル席のリュセさんもクスクス笑いながら尻尾を揺らす。

……妙な様子だ。きょとんとしていると、シゼさんが席を立つ。

「美味《うま》かった。ごちそうさん」

シゼさんがカウンターに金貨を一枚置く。

「ごちそーさん」とチセさん達も揃って立ち上がり、ドアに向かった。

次の瞬間、私は目を丸くする。カウンターには、金貨が三枚置かれていた。シゼさんだけじゃなく、チセさんとセナさんも置いたのだ。まさかと思ってテーブル席に目を向けると……金貨が一枚、キラリと光っていた。

「話が違います！　金貨一枚って言ったじゃないですか！」

カランカランとベルが鳴り、獣人傭兵団が店を出ていこうとする。

慌てて呼び止めたものの、シゼさんとセナさんはすぐ外に出てしまった。

足を止めたリュセさんは、声を上げて笑い出した。チセさんも、にやりと振り返る。

「金貨一枚だぜ？」

「ああ、オレも金貨一枚支払った。ボスも、セナもな」

一人金貨一枚で、合計四枚……結局、高すぎじゃない！

「ずるいです！」

「ぷはははっ！」

「じゃーな、店長！」

リュセさんはお腹を抱えて笑い、チセさんも尻尾と一緒に手を振った。

か、からかわれたっ……

ガクリと肩を落として、金貨を集める。

……毎回この金額を払うつもり？　傭兵の収入は、それほど高額なのだろうか？

誰もいなくなったので、エプロンのポケットを覗《のぞ》き込む。すると、ロトは身体を丸めてすやすやと眠っていた。あらあら。

作業台のボウルをそっと上げてみると、こちらのロト達も眠っている。あらあらあら。互いにしがみつき、大きなマシュマロ状態のまま。

だけどボウルがなくなってバランスが崩れたのか、やがて「ふわわっ」とコロコロ転がっていく。

ぼんやり目を開き、起き上がったロトもいたけれど、すぐさま「すぴー」と再び寝てしまう。

私は小さく噴き出した。

そのままにしてあげよう。ケーキはなくなってしまったので、ロト達の報酬《ほうしゅう》にマシュマロを作ろうか。

その後、魔法も駆使して、ふわふわのマシュマロを作った。山ほど作ると、起きたロト達は大喜び。お腹いっぱいマシュマロを食べたあと、小さなお手てを元気よく振って、森に帰っていった。

第3章 ❖ 新しい友だち。

1 じゃれあい。

喫茶店を始めてからしばらく経ち、開店前の作業にもすっかり慣れた。

その日の朝も、妖精のロト達に掃除を手伝ってもらい、一緒にマシュマロを使ったフレンチトーストを食べていたのだけれど——

開店前にもかかわらず、扉のベルがカランと控えめに鳴った。カウンターテーブルの上に座っていたロト達は、慌てて床に飛び下りていく。

「申し訳ありません、まだ開店前で——」

扉に目を向けた私は、ハッと目を見開いた。

そこに立っていたのは、とても上品なおじ様。スカイブルーがかった銀髪には、よく見ると白髪が交じっている。紺のトレンチコートの下にシルバーストライプのベストを着込み、顔には優しげな皺《しわ》が刻まれていた。

「おはよう、ローニャ」

温かい微笑みを浮かべたこのおじ様は、私のお祖父様《じいさま》だ。

「ロナードお祖父様《じいさま》っ！」

会いに来てくれたことが嬉しくて、私は思わず祖父の胸に飛び込んだ。祖父は優しく受け止めてくれる。

「お久しぶりです。朝食を一緒にいかがですか？　フレンチトーストです」

「ああ、いただくよ」

「はい！」

一緒に朝ごはん。すごく嬉しい。

「おはようございます、ローニャお嬢様」

祖父の背後から声が聞こえた。祖父の体の後ろをひょいっと覗《のぞ》くと、そこには護衛のラーモが立っていた。深い紺色の髪と瞳を持ち、黒い燕尾服《えんびふく》に身を包んでいる。

「おはようございます。ラーモも、フレンチトーストを食べますか？」

「お気遣い、感謝いたします。ですが、どうぞ私のことはお気になさらず、ロナード様とお二人でお楽しみください」

ラーモは、頭を下げてやんわりと断る。私の護衛をしていた頃のように慌てたりはしないけれど、責任感の強さは相変わらずだ。立場をしっかりわきまえていて、必ず一歩引いたところに立っている。

「……そう」

何度もお茶に誘っているのだけれど、断られてばかりだ。いまだに同じ席には座ってくれない。だけど、せっかくだもの。あとでコーヒーくらいは飲んでもらいたい。

「おはよう、妖精さん達」

お祖父様《じいさま》は、カウンターの陰からこちらをうかがうロト達に挨拶《あいさつ》をした。ロト達はビクリと震えたものの、すぐに皆でトコトコやってきて、ペコリと頭を下げる。

恥ずかしがり屋の妖精達だけど、これならすぐに打ち解けられそう。

キッチンでお祖父様《じいさま》のフレンチトーストを作り、カウンター席に戻ると、ロト達はテーブルの上でフレンチトーストを頬張っていた。お祖父様《じいさま》は、その様子を微笑ましそうに見つめている。

フレンチトーストのお皿を差し出すと、お祖父様《じいさま》が優しく微笑んだ。

「一人暮らしと喫茶店は、どうだい？」

「順調で充実しています。コーヒーもケーキも好評なんですよ」

朝食を食べながら、お祖父様《じいさま》にいろいろと報告する。昔からそうしていたように、思いつくままに、近況を伝えた。

令嬢をやめても、変わらない時間。

くすぐったい気分になりながら、私はフレンチトーストを食べる。ふわりとバニラの香りが漂《ただよ》い、口の中にしっとりとした甘さが広がった。この味が、とても好き。

ロト達も、私の話にコクンコクンと相槌《あいづち》を打ちながら、小さく切ったフレンチトーストをもぎゅもぎゅと頬張っている。

甘い朝食が終わったら、次はコーヒータイム。お祖父様《じいさま》とラーモに、香り高いコーヒーを差し出す。ラーモは困った表情をしていたけれど、ちゃんと受け取ってくれた。

「……とても美味《おい》しいです。誠にありがとうございます」

一口飲んで、ラーモは丁寧にお礼を言う。それから、じっとカップの中身を見つめた。

私がコーヒーを淹《い》れるようになったきっかけは、ラーモがもたらした。そしてその出来事は、ラーモが私の護衛を辞めるきっかけにもなったのだ。

……少し複雑だけど、いつか和やかに、一緒にコーヒーを楽しめたらいいな。

私はお祖父様《じいさま》に向き直り、次は獣人傭兵団のことを話そうとした。獣人族の変身を間近で見せてもらえたこと、その姿はとてもふもふしていたことを伝えたい。

だけどその前に、お祖父様《じいさま》が口を開いた。

「新しい友だちは、できたかい？」

そう尋ねて、優雅な仕草でコーヒーを一口飲むお祖父様《じいさま》。

「とも……だち、ですか……」

ここに来てから、たくさんの人と出会った。でも、友だちと呼べるような人は思い浮かばない。

街の方々は親切だけれど、友だちになったかと問われると、違う気がする。お客さんの中には毎日のように顔を合わせている人もいるけれど、友だちと呼べるほど親しくはないと思う。

新しい友だちは、できていない。

思わず黙り込むと、お祖父様《じいさま》はコーヒーを飲み干して微笑んだ。

「次は新しい友だちについて教えておくれ。また来るよ」

「え……もう帰るのですか？」

まだ話したいことがあるのに。

「……実は、ロバルトが君のことを探しに来たんだ」

その名前を耳にした瞬間、私は身震いする。そして血の気が引いていくのを感じた。

お祖父様《じいさま》は、「大丈夫。居場所は教えていないよ」と私の背中をさすってくれる。

ロバルトというのは、私の兄の名前。ガヴィーゼラ家の長男で、誇り高く毅然《きぜん》としていて、私にとても厳しい兄のことだ。

なぜ、お兄様が私を探しているのだろう。

今までのことを考えると、心配しているとは思えない。私を連れ戻したところで、ガヴィーゼラ家に益があるはずもないし……。ただ、理由を知りたくはなかった。なんだか怖い。

「あまり長居をすると、ロバルトに嗅《か》ぎ付けられる可能性が高まる。だから、会いに来るのも控えるよ。念のためにね」

「は、はい……わかりました」

兄なら、お祖父様《じいさま》の不在を知るなり、その足取りを追ってきそうだ。

青ざめていると、お祖父様《じいさま》が私の頭を優しく撫《な》でてくれた。

「それから……シュナイダー君も、私のもとに君の居場所を聞きに来たよ」

「え？　彼が……ですか」

思わずきょとんとしてしまう。

お祖父様《じいさま》に、突然の婚約破棄の理由を話しに行ったのならわかる。でも、私の行方を尋ねるなんて。

「……彼には、居場所を教えておくかい？」

祖父は私の肩に手を置き、まっすぐな眼差《まなざ》しで見つめてくる。

私は考えることもなく、ふるふると首を横に振った。

「……いいのかい？　あんなに仲が良かったというのに。ローニャが風邪で寝込んだ時も、周りの反対を押し切って、そばで看病してくれただろう？　……彼に、やり直すチャンスをあげないのかい？」

……懐かしい。そんなこともあったわね。けれど、彼が選んだのは私との未来ではない。

「シュナイダーは、本当に愛する方を見つけたのでしょう。私が彼を縛る権利などありません。彼には、ともに支え合えるような方と、末永く幸せになってほしいと思っていますから」

私は、お祖父様《じいさま》の顔をまっすぐ見つめて答える。

「……わかったよ。仕事、無理しないようにね。友だちを作って楽しく過ごしておくれ、ローニャ」

お祖父様《じいさま》は優しい笑みを浮かべて、私の額にキスをした。私は、お祖父様《じいさま》にむぎゅっと抱きつく。

やがてラーモが魔法道具を取り出した。それは、移動魔法を使う時の黒い杖。

私はお祖父様《じいさま》からそっと離れた。

ラーモが杖を一振りすると、祖父とラーモの足元に、光り輝く召喚陣が現れる。そこから白い靄《もや》が巻き上がり、二人の姿を呑み込んだ。やがて靄《もや》はふわっと溶けて消え去り、二人は姿を消していた。

「……」

私はカウンター席に座り直し、コーヒーの残りを啜《すす》る。お祖父様《じいさま》と話したことを振り返っていると、兄の顔が浮かんでくる。

カタカタカタ。手が震えてしまい、カップも揺れる。

ロト達は、つぶらな瞳をうるうるさせて、心配そうに私を見上げてきた。

「……大丈夫よ……見つからないわ……」

理由はわからないけれど、それほど長く私を探したりはしないだろう。馬鹿らしいと早々に諦めてくれるはず。

「もしもの時は、精霊の森に置いてくださいね」

ロト達に、弱々しく笑いかける。すると、ロト達がぴたりとすり寄ってきた。どうやら慰《なぐさ》めてくれているみたい。

マシュマロのようにやわらかくて、ちょっぴりひんやりしている。甘い香りがふわりと漂《ただよ》い、とても癒《い》やされた。

気持ちを切り替えて、ぐっと背を伸ばす。

「ありがとう、皆……よし。じゃあ、ベリーヴァのケーキを仕上げましょうか」

明るくそう言うと、ロト達は笑顔になった。皆揃って「わー」とテーブルを下りていく。

朝食前に、本日販売予定のケーキはほとんど完成している。残るは、ベリーヴァのチーズケーキのみ。

この間、ロト達にベリーヴァの実を摘んできてほしいと頼んだ。ただ、量がちょっと心もとなくて、引き続き集めてもらったのだ。

ようやく充分な量が集まったから、今日のメニューにはベリーヴァのチーズケーキを加えた。

たくさん働いてくれたロト達にも、ホールで作ってあげようと思っている。販売用と合わせて三ホールは作っておきたい。

真っ赤なラズベリーに似た、ベリーヴァ。今が旬だけれど、この世界では割と高価な果実で、裕福な貴族でもない限り、なかなか食べられない。きっと、お客さんも喜んでくれるだろう。

ベリーヴァは苺《いちご》よりも甘いので、酸味をしっかり残したラズベリーソースを合わせようと思っている。酸っぱいラズベリーソースを味見したロトは、ぶるぶる震えて固まった。私は思わず笑ってしまう。

楽しく手際よく作業を進めて、無事、ベリーヴァのチーズケーキが完成した。

今日だけの特別メニュー。他に提供するのは、フルーツタルトとフルーツを載せたフォンダンショコラ。

黒板に『本日のケーキ』の種類をしっかり書いて、お店の前に出しておく。

やがてロト達は帰っていき、私はふと考え込んだ。

「友だち、か……」

友だちと言われて浮かぶのは、ヘンゼルとレクシー。学園で最も仲良くなった二人だ。父親の仕事を手伝いつつ、商売の勉強をしているヘンゼル。ご両親の仕事の都合で学園を休学し、今は外国にいるレクシー。

二人には、夢を叶えるから心配しないでという手紙を送ったきり。もしかすると、まだ心配しているかもしれない。

本当は、改めて楽しく過ごしていることを知らせたい。だけど、兄やシュナイダーが私の居場所を探していることを考えると、連絡はしないほうがいいように思えた。あの二人が私の情報をバラすとは考えにくいものの、どこからバレるかわからない。

……もっと気軽に話せたらいいのに。前世で使っていた携帯電話って、本当に便利だったのね。

この街でも、ヘンゼルやレクシーのような友だちができるかしら。

あの二人と仲良くなったきっかけは、シュナイダーを通してだった。

思い返すと、私は自《みずか》ら動いて友だちを作ったことがない。……友だちというのは、どうやって作るのかしら。

そんなことを考えつつ、まったり喫茶店をオープンした。

しばらくしてやってきたのは、アクセサリー店を営《いとな》む男性。

「おはよう、ローニャちゃん」

「あら、おはようございます。お久しぶりですね」

獣人傭兵団の件があって以来、彼はぱたりと来なくなった。もう来ないとばかり思っていたのだけれど――

「ローニャちゃんのコーヒーを飲まないと、シャキッとしなくてね。コーヒーを一つお願いできるかな？」

彼は、少し照れくさそうにそう言った。私はその言葉が嬉しくて、笑顔で頷く。

今日は、ケーキのほうも好評だった。女性のお客さん達は、目を輝かせてケーキを選んでくれる。

予想通り、皆「お手軽にベリーヴァが食べられて嬉しい」と喜んでくれた。

お店が少し落ち着いてきたところで、一人の女の子に声をかけられる。

「ごちそうさま！　すごく美味《おい》しかった～！」

淡いピンク色のフリルブラウスに、ベージュピンクのストライプ柄コルセット。個性的な装《よそお》いに、ショートパンツを合わせている。

この世界では、ショートパンツを穿《は》く女性なんてほとんどいない。前世で気軽にショートパンツを穿《は》いていた私も、今は無理。

彼女は黒い革のロングブーツを履き、甘さの中にもクールさが覗《のぞ》くファッションで決めている。腰まで伸ばした綺麗な黄緑色の髪は、白いリボンと一緒に編み込んでいた。

常連さんの彼女は、いつもお洒落《しゃれ》な格好をしている。私は思い切って声をかけてみた。

「今日の髪型も素敵ですね」

「ん？　ありがとー！」

彼女はにっこりと笑みを浮かべて、ラテのカップに口を付ける。

……年は私と同じくらいかな？　名前を聞いたら、もっと親しくなれる？

内心ドキドキしながらそんなことを考えていると、その女の子は「ふふ」と嬉しそうに笑った。

「この髪ね、兄さんに編んでもらったんだぁ」

兄さんが、編んでくれた……？

その言葉に、思わずぽかんとしてしまう。私は、兄に髪を整えてもらったことなんてない。手を繋いだことも、一緒に遊んだことも、ゆっくり話したことさえない。

「……器用で素敵なお兄様なんですね」

「はいー。とっても優しいの！」

彼女も自慢に思っているらしく、声を弾《はず》ませて答えてくれる。微笑ましい。

「……あの、お名前を聞いても――」

「あっ！　店長さんには兄弟はいるー？」

私の言葉を遮《さえぎ》った彼女に、私は目を瞬《またた》かせる。あれ、名前は……

「……えっと、います。一人。あまり仲が良いとは言えませんね」

「えー？　そうなの？　私が店長さんと姉妹だったら、その髪に触りたいなぁ～。店長さんは、いつも同じ髪型だよね？」

……名前を聞きそびれたまま、話が進んでしまう。聞き直したいけれど、タイミングがわからない。

「下ろしたところ、見てみたーい」

「キッチンに立つ際、邪魔になりますので」

「綺麗な髪なのに、もったいないー」

彼女はそう言って、ラテを飲み干した。それからお財布を取り出し、ぴったりのお代をテーブルに置く。

「ごちそうさま、またねー！　店長さん！」

席を立った彼女は、長い三つ編みを揺らし、ブーツをカツカツ鳴らして店を出ていった。

……名前、結局聞けなかったな。

私は気持ちを切り替えて、仕事を続けた。その後も女性のお客さんに何度か名前を聞いてみようとしたけれど、うまくいかない。

名前すら聞けないのに、どうやって友だちを作ればいいんだろう？

思わずため息をついていると、扉のベルがカランカランと音を立てた。

時刻は、午前十一時を回った頃。

黒のストライプのYシャツに、黒いベスト。エメラルドのような丸い飾りがついたループタイ。若葉色に艶《つや》めく髪の小柄な青年――セナさんだ。今日は傭兵団の目印である上着を着ていない。右手には、本を一冊持っていた。

上着を着ていなくとも、セナさんが獣人だと知っている人は多い。店内にいたお客さん達は、そそくさと帰り支度を始めた。食べていたケーキを無理やり口の中に詰め込んで、テーブルの上にお金を置き、足早に店を出ていく。

あっという間に、私とセナさんの二人きりになった。壁にかけた時計を見上げて、セナさんは肩をすくめる。

「早すぎたかな……ごめん」

「いらっしゃいませ。お一人ですか？」

「……出直すよ」

踵《きびす》を返そうとするから、私は慌てて引き止める。

「いえ、どうぞお好きな席にお座りください」

各テーブルの片付けをしながら言うと、セナさんはカウンター席を選んで座ってくれた。

「稼ぎは大丈夫なの？　週の半分以上は、午後の客、僕達しかいないでしょ？」

「大丈夫です。ケーキが好評で、飲みものと一緒にお持ち帰りしてくださるお客さんも多いんです。あ、今日はベリーヴァのチーズケーキがありますよ。いかがですか？」

そう尋ねると、セナさんは少し考え込んで答えた。

「……ふぅん。いただくよ。片付けが終わってからでいい」

「かしこまりました」

私はお言葉に甘えて、片付けを続ける。

「他の皆は十二時過ぎに来ると思う。僕は今日、非番なんだ」

「そうでしたか。あの、皆さんのお仕事は、いつも夜からなんですか？」

食器類をキッチンへ運びつつ、気になっていたことを聞いてみる。

「大体はそうだね。暗くなる前に国境に向かって、付近を見張るんだ。隣の国が荒れてるのは知っているでしょ？　そこから流れてくるのは、犯罪目的の荒くれ者ばかりだ。ドムスカーザを含めて近隣の街に近付けさせないように、僕達がそこで追い払う。そのあとは、他のルートで街に近付いていないかを確認しながら戻る」

私は、思わず目を丸くしてしまった。

「……獣人傭兵団四人で、ここから国境まで守っているのですか？」

ドムスカーザの街は国の隅っこにあり、国境からも近い。とはいえ、近いといってもそれなりに距離はあり、徒歩で国境まで向かうとなると時間がかかる。

「充分だよ。僕達は人間より速く移動できるし、獣の目と耳と鼻は不審者を逃さない」

「……本当に、最強なのですね。敬服いたします」

心底感心して、私は深々と頭を下げた。

最強と謳《うた》われる、獣人傭兵団。彼らは、ドムスカーザの街の最強の盾であり、剣なのだ。

「……君みたいな反応は、珍しい」

セナさんは頬杖をつきながら、興味深そうに私を見た。

「どうせ客は来ないんでしょ？　君も座って、話し相手になってよ」

隣に座るよう言われたので、私は悩む。

……せっかくだから、少し早いお昼休みにしようかな。

私はベリーヴァのチーズケーキとラテを二人分用意して、セナさんの左隣に腰かける。

セナさんはラテを一口飲み、ベリーヴァのチーズケーキを口に運んだ。「美味《おい》しい」

と呟いたあと、首を傾げて尋ねてくる。

「君、こんなに高価な果物を使って本当に大丈夫なの？」

私は、「幸いにも安く仕入れられたのです」と笑って答えた。

ベリーヴァを摘んできてくれたのは、妖精ロト達。もちろんお礼はしているけれど、
あの子達の見返りはとても安い。

私も、ケーキを食べることにする。うん、我ながら美味《おい》しい。クリーミーで濃厚なチー
ズに、甘いベリーヴァと酸っぱいラズベリーソースがよく合う。

その時ふと、カウンターに置かれた本が目に入った。

「小説……ですか？」

「そうだよ。……そういえばこの間、君も古い小説を読んでいたよね。あの作家の本、好きなの？」

獣人傭兵団が初めてお店に来た日、キッチンでこっそり読んでいた本のことだろう。

あの時、セナさんに見つかってしまったものね。

「買ったものの、なかなか読む機会がなかった本なんです。ですから、あの作家さんの他の作品はあまり知らなくて」

「あー……じゃあ、読書が趣味ってわけじゃないんだ？」

セナさんはなんだか残念そう。もしかして、読書が好きなのかな？

「あの、実は、今まで自由に本を読むことができなかったんです。流行している本はたくさん読んできたのですが……ですから新生活を機に、もっと読書をしたいと思っています。まだ二冊しか読めていませんが」

「……ふぅん」

セナさんは少し考え込んだあと、口を開く。

「流行の本はたくさん読んできたんでしょ？　その中で気に入ったものを教えてくれれ

ば、君が好きそうな本をすすめてあげるよ」

その提案に、私は目を見開いた。

どうしよう、すごく嬉しい！

それに共通の趣味を持っていれば、店員とお客さんという関係を超えて、友だちになれるかもしれない。今よりもっと気軽に話をしたり、一緒に読書をしたりできるかも……

誰かと一緒に読書をしたことなんてない。勉強ならあるけれど、読書のほうがずっと楽しいと思う。なんだか新鮮で、ふわふわとした気分になる。

「……あ、あの、セナさん」

「何？」

緊張しつつ、私は意を決して口を開いた。

「友だちに、なってくれませんか？」

ドキドキと胸が高鳴る。

一方セナさんは、深緑色の目を大きく見開いた。

「君、本当に獣人を知ってる？」

「……はい。変身を見たのは先日が初めてですが、間違った認識はしていないと思っています」

どうしよう。少し不安になってきた。友だちになってほしいと言うのが早すぎただろうか。

セナさんは、深緑色の目を細めて言う。

「僕達は、人間を簡単に引きちぎることができる」

「怪力ですよね」

「……自分がそんな目に遭《あ》うとは、想像しないの？」

その問いかけに、私は首を傾げた。

「私を引きちぎるのですか？」

「……引きちぎらないよ」

その時、セナさんが初めて笑った。やわらかくて、優しげな微笑み。

彼の顔が一瞬にして緑一色に染まる。風に撫《な》でられた草原のように、ジャッカルの毛並みが煌《きら》めいた。

私が初めて出会った獣人さん。大きな耳がピンと立っていて、アーモンド型の目は深い緑色。尻尾は床につきそうなほど長く、ボリュームがあった。

「改めまして。僕はセナ。よろしく」

「あ、よろしくお願いします。ローニャです」

これは……承諾をもらえたってことよね？

あまりの嬉しさに、しばし放心状態になってしまう。セナさんが差し出した手を何気なく取り、握手を交わす。

そこで、はたと気付いた。ふわっとした手……緑の毛に覆《おお》われていて、肉球がある。

肉球である。そう、肉球。

ぷにぷにとしたその感触に、声が出ない。思わず固まっていると、セナさんの手がスルリと離れていった。

あぁ、肉球が……

名残惜《なごりお》しさを感じてしまう。しょんぼり肩を落とした時、セナさんのボリュームのある尻尾がふわりと私の腰をかすめた。尻尾はそのまま私の膝の上に乗る。

「触っていいよ、ローニャ」

その言葉に、思考が止まる。

「触りたいんでしょ？　初めて会った時、視線を感じた。リュセも尻尾を見られてるって言ってたし、チセの尻尾もずっと気にしてたでしょ？」

バレて……いたのですね。

頬に熱が集中していく。

セナさんは特に怒った様子もなく、どちらかというと楽しそうに見えた。

「友だちだから、いいよ？　触って」

セナさんの顔と尻尾を交互に見る。予期せぬ展開に、戸惑いが大きい。

だけど……もふっていいというのなら、是非もふりたい！

「で、では……失礼します」

さっきとは違う緊張で、声も手も震えてしまう。私は恐るおそる、右手を伸ばす。

中指に、ふわりと緑色の毛が触れた。思い切って、尻尾の中に手を沈めてみる。

やっぱり、滑《なめ》らかな触り心地。ゆっくり撫《な》でながら、掌《てのひら》全体で感触を楽しむ。

「……良い毛並みですね」

「どうも」

夢中になりすぎないよう注意しながら、尻尾をなでなで。

ああ、もふもふ。

一度撫《な》で始めると止まらなくて、艶々《つやつや》の尻尾に何度も手をすべらせた。

やがてセナさんが、ぽつりと尋ねる。

「僕も触っていい？」

顔を上げると、彼は私の髪を見ていた。

毛の触り合い。それなら、もっと気兼ねなく尻尾を触り続けることができそう。肩から垂らした三つ編みであれば、好きに触ってもらって構わない。

こくりと頷くと、ふっくらした緑色の手が横から伸びてきて三つ編みに触れた。私は再び尻尾を堪能《たんのう》し始める。

だけど次の瞬間、ぴしりと固まった。

すりすり。

……緑のジャッカルさんが、私の右頬に頬擦りしている。やわらかい毛が頬に当たり、ちょっとくすぐったい。

「……な……何を、しているのですか？　セナさん」

「じゃれてる」

……そうですか。

セナさんは、さらに顔をすりすりと動かす。

自分の顔が熱くなっていくのがわかった。じゃれているだけ、じゃれているだけ。そう自分に言い聞かせるけれど、セナさんは異性だし……恥ずかしい。

「あの、これは友だちにすること、ですか？」

「うん。よくする」

セナさんは、あっさりと答える。

なるほど、これは獣人流のスキンシップなのね。

「人間はしないの？」

「はい、あまり……」

「そう……知らなかった。嫌？」

「いえ、どうぞ、じゃれてください」

恥ずかしさは少し残るけれど、獣人族の友好の証《あかし》ならば受け入れたい。

憧れのもふもふとの、スキンシップ。抱きしめたい、ふわふわの手に頬擦りしたいと思っていたんだもの。すりすりだって、大歓迎です。

私は勇気を出して、自《みずか》らセナさんに頬擦りした。

……もふもふ。やわらかい。

「いつもこんな風に、じゃれあうのですか？」

「たまにね。チセがよくせがむ。そのうち、君にもせがむかもしれないよ？」

「……激しそうなので、遠慮したいです」

「激しいよ、鬱陶《うっとう》しいほど。釘をさしておく」

なんとなく想像ができる。チセさんは体も大きいから、ちょっとだけ怖いかも。毛も硬そうだし、どちらかというとブラッシングさせてほしい。

ああ、でも……黒い獅子のシゼさんとはじゃれあってみたい。あの立派な鬣《たてがみ》に、顔を埋めてみたいもの。

「シゼさんも……その、じゃれるのですか？」

「そうだよ」

「鬣《たてがみ》……ボスとか、触っても平気ですか？」

「……ボスとじゃれたいの？」

私が期待いっぱいに頷くと、セナさんはスルリと離れてしまった。それから彼は首を傾げ、顎《あご》に手を当てて考え込む。

「鬣《たてがみ》は怒るよ。前にチセが乱して、こっぴどく怒られてた」

「え、そうなんですか……」

でも、そうよね。鬣《たてがみ》は、獅子の誇りだもの。もふもふなんて、できるわけないか。

……ショック。

肩を落とす私に、セナさんは言葉を続ける。

「うん。君が触ったら、きっと頭にかぶっと噛《か》みついて引きちぎられるよ」

「そ、そこまで怒るのですかっ⁉」

夢のまた夢だったのね。シゼさんとじゃれあうのは無理そう。

しょんぼりしながらうつむくと、セナさんの尻尾がふるふる震えている。

パッと顔を上げれば、セナさんは意地悪そうな笑みを浮かべていた。

「……もしかして、冗談、ですか？」

「ふっ……触っていいか、聞いてみれば？　君、結構ボスに気に入られてるし、許可が出るかも」

セナさんは肩を震わせて、笑いを堪《こら》えている。

どうやら、からかわれていたみたい。

「ねぇ、リュセとはじゃれないの？」

セナさんの思いがけない問いかけに、私は首を傾げる。

「リュセさん？　私……彼に嫌われてませんか？」

「あぁ、この間のこと？　あれは機嫌が悪かっただけで、リュセも君を気に入っていると思うよ。リュセは、獣人だと知って掌《てのひら》を返すような人間が嫌いなんだ。人の姿を取っている時にはすり寄ってきて、獣人だと知った途端に嫌厭《けんえん》するような人間がね。だけど君は、僕達が獣人だと知りながら、客としてちゃんと受け入れてくれている。わかりづらいけど、リュセは君にもっと構ってほしいんじゃないかな」

……ということは、リュセさんのしなやかな尻尾に触るチャンスもあるのかしら？

構ってほしがっている猫さんだなんて、可愛すぎます！

心の中で少し悶《もだ》えていると、セナさんがポツリと呟いた。

「僕達にとって、君は貴重だから……」

「え？」

その言葉の意味を尋ねようとしたのだけれど、セナさんは私の肩にぽすんと凭《もた》れて、目をつぶってしまう。そのまま何度か私の肩にすりすりと頬擦りして、深く息を吐いた。

「甘い香りがする……」

そう呟いて、すんすんと鼻を動かすセナさん。

「君はいつも、お菓子と植物の匂いがする……好きな匂いだ」

首筋に、セナさんの冷たい鼻が当たってくすぐったい。

「……ローニャ。前に、僕に触ったでしょ？」

その言葉に、ドキッとする。

疲れ切って寝ていたセナさんを、ソファに横たえた時のことだろう。そういえばあの時、セナさんの頭が左肩に凭《もた》れかかってきたのよね。ぐっすり寝ていると思っていたのに……気付いていたなんて。

「あの、勝手にごめんなさい。シゼさんに許可はもらったのですが……」

「別に気にしていないよ。それに、ボスの怪我を治してくれたのは、ローニャなんでしょう？」

シゼさんは、どうやらセナさんには治癒魔法のことを話したみたい。

ラオーラリングを使った時のチセさんの反応だと、彼は知らないのだと思う。もし知っていたら、もっと騒いでいそうだもの。

私が頷くと、セナさんは静かに話し始めた。

「あれは、僕を庇《かば》って負った怪我なんだ。強さで順位を決めるなら、僕が最下位。彼らほど体力もないから、大群相手に長期戦となると隙ができる」

あの日は、他の皆もボロボロだった。最強の獣人傭兵団でも手こずるくらい、敵が多かったのだろう。

「……ボスを治療してくれて、ありがとう」

セナさんの心からの感謝が伝わってくる。そして、シゼさんが大切だということもわかった。

セナさんはぐりぐりと頬をこすり付けたあと、スルリと離れていった。

「さて、読書をしよう」

「……」

もう少し触っていたかったな……

残念に思っていると、セナさんがこちらをうかがいながら言う。

「本を読みながら、触ってもいいよ」

「……！」

私は弾《はず》んだ足取りで二階に向かい、本を取ってくる。それから二人分のラテを淹《い》れ直し、改めてカウンター席に腰を下ろした。

本の好みを問われたので、今まで読んで気に入った作品について話す。……膝の上に置かれたもふもふの尻尾を撫《な》でながら。

セナさん曰《いわ》く、どうやらこの世界にはいろんな小説があるみたい。勇者が登場するファンタジー小説、実在する英雄をモデルに描かれた小説、マイナーではあるけれど、主人公が転生したり、別の世界に飛ばされたりする小説もあるのだという。

私が興味を示すと、おすすめのタイトルを教えてくれた。今度、本屋さんで探してみよう。

「恋愛小説には興味がないの？　女性なら好きでしょ？」

セナさんが不思議そうに尋ねてくる。どうやら彼は、そのジャンルにも強いみたい。

おすすめがあると言ってくれたのだけれど――

私は、思わずうつむいてしまう。

「失恋したばかりなので……今はまだ、読みたいと思えません」

「……ふぅん」

セナさんは、それ以上何も言わなかった。お互い本を開いて、物語の世界に入り込んでいく。

私は、セナさんの尻尾を梳《と》かすように撫《な》でながら、ゆっくりと文字を目で追った。

そういえば、今の私の状況って……イメージしていた喫茶店に近いのでは？　お客さんが途切れ途切れに来て、猫をなでなでする時間がたっぷりある。そんな喫茶店が私の理想だった。

膝の上の尻尾を撫《な》でながら、まったりと読書する。うん、イメージ通りだ。

その時、読んでいた小説の登場人物に見知った名前を見つけた。私の数少ない友人の一人、レクシーと同じ名の女性が出てきたのだ。

私はセナさんのほうをちらりとうかがう。すると彼は、「どうしたの？」と首を傾げた。

私は思い切って、セナさんに尋ねてみることにする。

「もしもの話なのですが――」

「ん？」

「もし、本の中の登場人物に生まれ変わったら、どうしますか？」

セナさんは、不思議そうな表情を浮かべて問い返す。

「登場人物に、生まれ変わる？」

「えっと……そこが物語の中の世界だと知りながら、登場人物の一人になるんです。周りの人達は、物語の筋書き通りに動きます。その中で、たとえば自分の役割が悪役で、物語からの退場を余儀なくされた時……セナさんは、どう行動しますか？　筋書きに従いますか？」

セナさんは本にしおりを挟んでぱたんと閉じ、少し考え込んだ。

「場合によるね。もし物語の登場人物として生きる中で大切な人ができたとしたら……僕は黙って退場しないと思う」

その答えに、私は目を丸くする。

「今の人生に置き換えた時……僕は仲間が大切だから。どんな筋書きがあったとしても、きっとボス達といることを選ぶ。何よりも仲間を優先して、離れない」

「……大切なら、離れませんか……」

気が付くと、私はうつむいていた。

私にも、大切な人がいたはずだ。シュナイダーのことだって、大好きだった。だけど、すぐに諦めて自《みずか》ら離れることを選択した。お祖父様《じいさま》やラーモ、友人のヘンゼルやレクシーとも。

セナさんの視線を感じたものの、顔を上げることができなかった。

「ローニャは、誰か大切な人と離れたの？」

その問いかけに、ビクリと肩を震わせる。

「……どうして……」

どうして、わかったのだろう。

戸惑う私に、セナさんは言葉を続ける。

「君は、この辺の育ちじゃないでしょう？」

「えっ……はい」

「やっぱりね。十三年前、ここで戦争があったことを知ってる？」

突然の話題転換に、私は目をぱちくりさせた。

「戦争？」

記憶を辿ってみるけれど、国境付近で起こったという戦争については覚えがない。学園の授業で習っていてもおかしくないはずなのに。

セナさんは「ふーん。知らないのか。随分《ずいぶん》、遠いところから来たんだね」と言い、私と向かい合うように椅子に座り直した。その拍子に、尻尾がするりと私の膝から落ちる。

「十三年前、隣の国から流れてきた犯罪組織が、付近の街に被害をもたらした。僕達の故郷である獣人の村も、同じく襲われたんだ。被害は甚大で、奴らは時に殺人まで犯した」

殺人という言葉に、息を呑む。

セナさんは、大事な話をしようとしている。私も椅子に座り直し、彼に向かい合った。

「ドムスカーザの領主は、犯罪組織と戦うことにした。獣人達も、もちろん加勢したよ。まぁ、戦争と呼ぶには規模が小さいのかもしれないけど……まだ幼かった僕達にとっては、脅威だった。結果、犯罪組織を壊滅させることには成功したものの、獣人の多くが命を落とした。僕達の親も、戻らなかった」

そんなことがあったなんて……

私はショックを受けながら、セナさんの話に耳を傾ける。

「その後、村の生き残りのほとんどは、国境から離れた集落に移った。でも親を亡くした僕達は、どうしたらいいかわからなかった。そんな中、シゼが僕達を拾ってくれたんだ」

チセさん同様、セナさんも「シゼ」と呼んだ。やっぱり、彼らには仕事仲間以上の繋がりがあったみたい。

「僕は九歳で、チセとリュセは七歳。一番年上のシゼは身寄りのない子ども達を一手に引き受けて、育ててくれた。身を守る術《すべ》を教えてくれたし、敵と戦う方法も教えてくれた。シゼは僕達の兄であり、父であり、王なんだ。だから僕は、彼のそばにいると決めた」

セナさんはそこで言葉を切り、私をじっと見つめた。

「シゼに育てられた子どもの中には、成長して集落に移り住んだ奴もいる。だけど、一緒に育った皆とは絆《きずな》があるし、たまに会うこともある。僕達は、シゼと一緒に国境を守ることに決めた。ドムスカーザの領主に傭兵団として雇われて、同じような戦争が起きないように、ここで食い止めている」

獣人傭兵団の誕生と、絆《きずな》の話。私は、セナさんから目を離せなかった。

「僕は、離れない。大切な絆《きずな》を守るために」

力強くそう言って、セナさんはラテを一度口に含んだ。そして、緩く微笑みながら肩をすくめる。

「……とはいえ、時には縁をすべて断ち切って、やり直すことも必要だろう。それでもまた繋がる縁なら、大切にしたほうがいいと思うけど」

セナさんは、察しの良いところがある。私が心のどこかで望んでいた言葉をくれた。

なんだかくすぐったくて、嬉しい。私は、ヘンゼルとレクシーに、もう一度手紙を送ろうと心に決める。

小さく微笑む私を見て、セナさんはふっと息を吐いた。

「……十三年前の戦争のせいで、街の人間は、僕達が人間嫌いだと勘違いしてる。多くの仲間を人間に殺されたからね。それが怖がられる要因の一つになってるみたいだけど、そもそも僕達は人間に興味がない」

「そうだったんですか……それで、街の皆さんは獣人さん達を避けているんですね」

「チセとリュセは、まともに食事を取れる店がなさすぎるって、よくボヤいてるよ」

……確かに。それはすごく不便よね。

「あの、では料理人を雇ってはどうでしょう？　お金はあるんですよね？」

「何度か雇ったけど、獣人と知るなり辞めていったよ。早々に諦めた」

料理人を雇うこともできないなんて、気の毒だ。

「家事は、僕の弟のセスの役目なんだ。ただ、料理の腕前は上がらなくてね」

その名前は、以前聞いたことがある。初めてベーコンステーキをお出しした日、チセさんが「セスは毎回、焦がすからな」と言っていた。セナさんの弟さんだったのか。

「僕達だって、美味《おい》しいものを食べたい。飢《う》えていた時期もあるしね。そして君の店では、その美味《おい》しいものにありつける。幸いなことにお金は充分持っていて、それを使うような趣味もないから、チップを弾《はず》ませているんだ。お詫びと感謝を示せって、ボスの命令でもある。僕達がいると、他の客が来ないでしょ？　だから、チップは嫌がらずに受け取って」

……その頼み方は、ずるい。だって、とても断りにくい流れだもの。

私は少し眉を寄せながら、「控えめにしてくださいね」としぶしぶ頷いた。

すると、再び尻尾が私の膝の上にぽふっと乗る。触ってと言わんばかりに揺れるので、喜んで撫《な》でた。

「新しい友だちを大切にしてくれることを願うよ、ローニャ」

セナさんの横顔には、優しい微笑みが浮かんでいる。

私は「はい」と返事をした。次にお祖父様《じいさま》と会った時、とても素敵な友だちができたと話そう。

掌《てのひら》全体でもふもふを味わっていると、背後から妖精達の気配がした。

パッと振り返った瞬間、店の中央の床に、きらきら光る円が現れる。

やがてその円から、ロト達がお行儀よく行進しながら出てきた。小さな手足を振って、楽しげな様子だ。

私は時計を見て、時間を確認する。お昼を過ぎて、しばらく経ったところ。

獣人傭兵団の皆さんは、頻繁に来てくれるけれど、毎日来るわけじゃない。だけど街の人達は彼らとの遭遇を恐れて、午後にはあまりお店に来ない。そのため、一人の午後はロト達と一緒にケーキを作ったり、新しいメニューを考えたりして過ごしている。今日も、私のお手伝いをするために来てくれたのかもしれない。

私につられて、セナさんもくるりと振り返った。そして行進する妖精に目を留め、驚いた表情を浮かべる。

ロト達も、遅れてセナさんに気付いた。ハッとした様子で、口をあんぐりと開けて硬直している。

「……妖精？」

セナさんは、目を丸くしつつ首を傾げた。

「……いつもしていた植物の匂いは、妖精だったんだ？」

すんすんと鼻を鳴らしながら席を立ち、セナさんはロト達に近付いていく。

ロト達は、放心して固まったままだ。

「あっ、セナさん！」

手を伸ばした彼に、私は慌てて声をかける。

「蓮華《れんげ》の花の妖精で、体がとてもやわらかいんです。触れる時には、気を付けて……」

セナさんのもふっとした手が、宙で止まった。

「そう……じゃあ、やめとく」

セナさんは手を引っ込めて、体ごとそっぽを向いた。でも、そこにしゃがんだまま動かない。

やがて、尻尾が動いた。ロト達の頭をかすめるように、一振り。

「ふわわっ」と、何人かがコロンと倒れる。ペリドットのつぶらな瞳は、一斉に尻尾に注目した。

セナさんの尻尾が、再びロト達の頭上を撫《な》でる。

ロト達も私と同じように、そのもふもふに感動を覚えたらしい。目を輝かせて「わー」と尻尾を追いかけた。それから皆揃って、尻尾に飛び移る。

毛先にしがみつかれても、セナさんはロト達を振り払うことなく、揺りかごを揺らすように尻尾を動かしている。

思わず口元が緩んだ。微笑ましくて、ちょっと羨《うらや》ましい。

さりげなく尻尾のほうを振り返るセナさんの顔も、微笑んでいるように見えた。

やがて彼の視線に気付いたロト達は、顔を赤く染めて「あうっ」と尻尾に隠れる。それから白い円に次々飛び込み、帰ってしまった。

「人見知りなんです」

くすくす笑いながら、そう伝える。

「ふーん。どうして、人見知りの妖精が自《みずか》ら来るの？　匂いからして、頻繁に来てるでしょ」

その問いかけに、私は曖昧《あいまい》な笑みを浮かべて返す。

「……セナさんと同じ甘党なんです」

「ふーん」

セナさんがじっと見上げてくる。まるで、何かを探るような眼差《まなざ》しだ。

「あの子達は甘いものを食べにやってきて、そのお礼に果物をくれたり、掃除を手伝ってくれたりします。ベリーヴァも、あの子達が持ってきてくれました」

少し詳しく話してみたけれど、セナさんの表情は変わらない。人見知りの妖精が、この店によく来る経緯を聞きたいみたい。

セナさんの過去を聞かせてもらった分、話を伏せることに躊躇《ちゅうちょ》する。けれど、私が貴族令嬢だと打ち明けるのは避けたい。もしロト達と魔法契約を交わしたことを話したら、きっとどこで魔法を学んだのか尋ねられるだろうし、私が貴族令嬢であることにも気付かれる可能性が高い。高度な魔法を学べるのは、貴族が通うような学園くらいだから。

セナさんは、それ以上追及してこなかった。ゆらゆらと尻尾を揺らしながら席に戻る。

「僕が甘党だって、チセから聞いたの？」

「はい。セナさんは、よく角砂糖を食べるとか」

「よくってわけじゃないよ。……雇い主宛ての報告書を作るのは、僕の役割なんだ。その時、たまに糖分が欲しくなる」

「では、よかったらこの店にいらしてください。甘いものなら、お任せを」

書類仕事のおともに、甘いケーキをおすすめしたい。

膝の上に、セナさんの尻尾がぽふっと置かれた。触っていいということだろうか？

だけど喜んで手を伸ばしたら、ひょいっと逃げてしまう。……遊ばれたみたい。

セナさんは、ちょっと意地悪な表情を浮かべながら言う。

「気付いているかもしれないけど、ボスはチョコが好きなんだ。それなのに、僕達の面倒を見ていた時には、いつもチョコを譲ってくれた。あまり自分から求めたりしないんだよ。だから、ボスに美味《おい》しいチョコのケーキをすすめてあげてくれる？」

セナさんの優しさに、心がほっこりする。チョコが好きなシゼさん。チョコとコクの深いコーヒーの相性は、抜群だもの。是非、すすめることにしよう。

「チセさんは、お肉と果物が好きでしょう？　リュセさんは、何が好きなんですか？」

「リュセは食べ物より……構ってあげればいいよ」

「そうですか……」

とはいえ、どう構えばいいのかが難しい。

それに、できればリュセさんが好きなものを提供したい。ミルクがあまり好きではない、ということは知っている。好きになってもらえそうなケーキ、見つかるかしら？

考え込む私を見て、セナさんは笑う。

「難しく考えることないよ。僕とじゃれあったみたいに、リュセともじゃれてあげて」

リュセさんとも、じゃれる……

その時には、周りに皆さんもいるのだろうか？　それはちょっと恥ずかしいかもしれない。

「……あの、じゃれる件ですが……心の準備が必要なので、少し待っていただいてもいいですか？」

そう切り出すと、セナさんは不思議そうに首を傾げる。

「心の準備？　僕とはじゃれたのに？」

「こんな風に二人きりで、穏やかにじゃれるのなら、いいのですが……」

なんて説明したら伝わるだろう？

セナさんと頬擦りしている間、きっと私の顔は赤くなっていただろうし、表情も緩み切っていたと思う。そんなところを他の皆さんに見られるのは……やっぱり恥ずかしい。

「慣れが必要と言いますか……」

「……わかった。じゃあ、まずはボスと二人きりになるようにセッティングするよ」

「え？」

なぜ、シゼさん……？

不思議に思っていると、セナさんはフリフリ尻尾を振りながら、扉のほうに体を向ける。

次の瞬間、カランカランとベルが鳴って扉が開いた。そこには、獣人姿のシゼさん達が立っている。

私は立ち上がって、笑顔で挨拶《あいさつ》した。

「いらっしゃいませ」

「おう。……セナ、ここにいたのかよ」

チセさんは、カウンター席のセナさんの前にやってくる。シゼさんとリュセさんは、窓際のテーブル席に腰を下ろした。

チセさんは私に注目すると、鼻をひくつかせる。そしてキョロキョロ周囲を見回して……セナさんの前に置かれた、食べかけのケーキに目を留めた。

チセさんはカッと目を見開いて言う。

「これ、ベリーヴァじゃねーか!? 食いてぇー!!」

ブンブンと振られたチセさんの尻尾を見て、私は笑ってしまう。

「ベリーヴァのチーズケーキ。本日のおすすめメニューです。ランチを食べてからになさいますか？」

「おう、じゃあステーキな！ いつものベーコンのやつ！」

元気よく答えるチセさんがとても微笑ましい。

「今日はハンバーグもお作りできますが、いかがですか？ ベーコンステーキとハンバーグ」

「食うー!!」

チセさんが目を爛々《らんらん》と輝かせる。

リュセさんとシゼさんに目を向けると、同じものでいいみたい。二人ともこくりと頷いた。

「お飲みものも、いつもと同じでよろしいですか？」

「いいぜ！」

「僕は、タマゴサンド。ラテのおかわりも」

「はい、かしこまりました」

私はキッチンに向かい、まずは飲みものを準備した。それらを皆さんに配膳し、セナさんに頼まれたタマゴサンドを手早く作る。そして最後は、ジューシーなハンバーグとベーコンステーキ作り。ハンバーグの下ごしらえは終わっているから、基本的には焼くだけだ。

付け合わせは、ボイルしたブロッコリーと人参《にんじん》。ボリュームたっぷりのメニューが、あっという間に完成する。

店内に戻ると、セナさんとチセさんも窓際の席に座っていた。いつも通り、セナさんはシゼさんの向かいの席、チセさんはリュセさんの向かいの席に腰かけている。

まずは、チセさんとリュセさんの前に料理を置いた。すると、リュセさんにそっぽを向かれてしまう。

……本当に、構ってほしいと思っているのかな？　警戒心をほぐすには、時間が必要ということ？

私は内心疑問を抱きつつ、セナさんとシゼさんにも料理を配膳する。そしてキッチンに戻ろうとした時、セナさんが口を開いた。

「ボス。店長が言いたいことがあるって」

……それは、鬣《たてがみ》を触っていいか尋ねる件？　それとも、チョコレートのケーキをすすめる件？

シゼさんは、こちらに視線を向けている。琥珀色《こはくいろ》の瞳にじっと見つめられ、私は恥ずかしさに襲われた。顔が熱くなり、緊張で体が強張《こわば》ってしまう。

「えっと……フォンダンショコラはいかがですか？　コーヒーにも合いますよ」

やっとのことでそう口にするが、シゼさんは黙り込んだまま。……視線が痛い。

やがて、シゼさんはスッと目を逸《そ》らした。

「……もらおう」

「はい」

私は、ホッと息を吐く。

セナさんをうかがうと、口元を押さえてうつむいていた。わ、笑ってる……？

キッチンに戻り、火照《ほて》る頬を冷やしながら、深呼吸。そしてステーキを食べ終えた頃合いに、チセさんとシゼさんにケーキを運んだ。すると、セナさんが首を傾げて言う。

「君、まだ昼食を食べていないでしょ？　僕達にはそんなに気を遣わなくていいから、そこで食べていいよ。それから、僕とリュセにもベリーヴァのケーキをもらえる？」

今日は、リュセさんもケーキを食べてくれるのね。

嬉しく思いつつ、キッチンから二人分のケーキと、自分用のサンドイッチを運んでくる。

そして二人にケーキをお出しして、私はカウンター席に座った。

さっきセナさんと一緒にケーキを食べたから、昼食はそれでも充分なのだけれど……

セナさんの心遣いが嬉しくて、私は彼らを観察しながらサンドイッチを頬張る。

青い狼のチセさんは、上機嫌に尻尾を振り回しながら、ベリーヴァのチーズケーキを堪能《たんのう》している。

白いチーターのリュセさんは、ケーキの上からコロコロとベリーヴァをどかしていた。

その実を、チセさんがすかさずフォークでさらっていく。

リュセさんは、ベリーヴァがお気に召さないのかな。あるいは、果物好きのチセさんに譲っているとか？

いずれにせよ、チーズケーキはお口に合ったみたい。尻尾がゆらゆらとご機嫌に揺れていた。

緑のジャッカルのセナさんは、本日二個目のチーズケーキをつつきながら、読書を再開。

そして純黒《じゅんこく》の獅子シゼさんは、相変わらず黙々と食べている。ただ、フォークを動かす手は止まらないから、きっとフォンダンショコラも気に入ってくれたのだと思う。

想像以上に、深い絆《きずな》で繋がっていた獣人傭兵団。

四人の過去を少しだけ垣間見た今、改めて観察してみると、微笑ましくてしょうがない。

なんだか幸せをお裾分けしてもらえた気分。

彼らがこの店を気に入って、いつまでもまったり過ごしてくれることを願う。

祖父が次に会いに来てくれたら、何よりも先に、今日のことを話したい。

私が目にしている、素敵な光景の話を――

2　手紙と幻獣。

翌朝の開店前。

妖精のロト達に呼んでもらったお客さんがやってきた。

風でふわりと開けられたドアから、無数の白い羽根が入り込む。やがて風と羽根が渦を巻いていき、その中から人に似た生きものが現れた。

一見すると、白くてふわふわした服に身を包み、黒いズボンとブーツを履いた男性にも見える。しかしよく見ると、ふわふわした服を着ているのではなく、頭から伸びた真っ白な羽根が胸元を覆《おお》っているのだとわかる。頭部の後ろの羽根はとても長く、ライトグリーンからスカイブルーに艶《つや》めいている。床に垂らした長い尾も同じ色合いだ。両腕はとても大きな翼の形で、黒いズボンに見えるのは下半身。

その生きものは右の翼を高く上げ、黒いリップが塗られたような艶《つや》やかな口を開く。

「手土産だ」

唇の間から、鋭い牙《きば》が見えた。

次の瞬間、白い羽根が渦巻いて、小さな風が発生する。けれど店内に置かれたものが、風にあおられたり吹き飛ばされたりする心配はない。幻《まぼろし》にも似た風なのだ。

そよ風は、深い森の香りをまきちらす。私はその香りを胸いっぱいに吸い込んだ。

やがてカウンターテーブルに白い羽根が集まり始め、光のように消えていく。そこには、ガウーという名の動物が三体置かれていた。子豚によく似た生きもので、すでに息はしていないみたい。目の前にいる幻獣――ラクレインが狩ってきてくれたのだろう。

ラクレインは、私と魔法契約している幻獣だ。妖精ロト達と同じように、精霊の森に棲《す》んでいる。幻獣というのは、神にも似た力を持ち、人が目にすることは滅多にない存在。今のラクレインは仮の姿で、真の姿は鳳凰《ほうおう》のように神々《こうごう》しい。

幻獣は、よほどのことがないと人に懐かないらしい。だけど私は、あっさり契約を結ぶことができた。精霊の森で、怪我をしていたラクレインを助けたからだ。以来、ラクレインは私の頼みを聞いてくれるようになった。

「獣人の連中にでも食わせてやれ」

ラクレインは、カウンターのガウーを示してそう言った。どうやら、ロト達からこの店に獣人が通っていると聞いたみたい。

「ありがとうございます、ラクレイン」

獣人傭兵団に、ガウーのステーキを振る舞えるわね。ガウーの味は、鶏肉に近い。トマトソースを添えて、グリルチキン風にするのはどうだろう。四人の意見を聞いてから作ろうと心に決める。

ラクレインは、少々呆れたような声を出す。

「森の者達が心配していたぞ。獣人の上に、傭兵だろう。傭兵とは、粗野な輩《やから》ばかりと聞く」

あら……ロト達は、精霊達にも話してしまったのね。

「良い人達だから、大丈夫とお伝えください」

ガウーをキッチンに運び込み、私はラクレインに向き直る。すると、店内を見回していたラクレインは目を細めて答えた。

「店の結界も充分だな。まぁ、ひとまず安心しておこう」

……実は、このお店には結界が張られている。その結界を発動させると、対象者を店から簡単に追い出すことができるのだ。

今のところ、結界を発動させるような事態は起きていない。できれば、結界を発動させる機会が永遠に来ないといいな、と思っている。

さて、そろそろ本題に入ろう。

ロト達に頼んでラクレインを呼んでもらったのは、ヘンゼルとレクシー宛ての手紙を届けてもらうためだ。

手紙には、居場所を特定されるようなことを書くのは避けた。残念ながら、獣人傭兵団のことも書けない。心配させてしまったことへの謝罪、そして新しい生活にも馴染《なじ》み、元気に過ごしていることを書いた。一方的で申し訳ないけれど、兄が怖いから、ほとぼりがさめたあとに連絡方法を知らせるとも記してある。

手紙を二通取り出すと、ラクレインが露骨《ろこつ》に顔をしかめた。

「……また、我に手紙を届けさせる気か？」

「あら、嫌ですか？　ラクレインなら、無事に届くと思って……」

これまでにも、ラクレインには何度か手紙の配達を頼んだことがある。

前にヘンゼルとレクシーに手紙を送った時は、お祖父様《じいさま》とラーモに頼んだのだけれど、よくよく考えたら、ラクレインに預けたほうが確実だ。どこでも自由自在に飛び回れるし、人から見えないように移動することもできる。

「……お主の頼みなら引き受けてやるが、配達ばかりさせるでない」

ラクレインはひょいっと翼を伸ばし、器用に羽根の間に手紙を挟んだ。やがてその手紙は、幻《まぼろし》のように消える。だけど、ラクレインがしっかり持っているから大丈夫だ。

「ありがとう、ラクレイン」

笑顔でお礼を言うと、ラクレインは満更でもなさそうに頷いた。

「では、届けに行く」

ふわりと風が巻き上がり、ドアが開かれた。無数の白い羽根が踊るように舞う。

「一つ、許可をくれ」

背を向けたラクレインが、顔だけをこちらに向けた。純白の羽根がキラキラと光っていて、少し目が眩《くら》む。

「もしもお主の兄に出くわし、危害を加えられそうになったなら――――全力で応戦する許可を」

にやりと口を吊り上げたラクレイン。鋭利な牙《きば》が剥《む》き出しになり、ライトグリーンの瞳はギラッと光っていた。

……兄が私を探していることも、ロト達から聞いたらしい。

「駄目です！」

羽根が舞い散る中、声を上げる。

けれどもラクレインは不敵な笑みのまま、大きな翼を広げる。そして無数の羽根とともに、幻《まぼろし》のように消えてしまった。

ラクレインは、どうも貴族の人間が気に入らないらしい。中でも、私の家族には敵意剥《む》き出しだ。……出くわさないことを願う。

「ふぅ……」

不安を吐き出すように、息をつく。

それから店内を見回し、自分の身だしなみをチェックして、オープンの看板を出した。

やがて、本日一人目のお客さんがやってくる。

「おはようございます、いらっしゃいませ。まったり喫茶店へようこそ」

私はいつも通り、にっこりと笑顔で出迎えた。

第4章 ❖ 獣人傭兵団。

1　友の謎。＊セナ＊

新しい友人ができた。人間の友人だ。

しかし、彼女のことを知らない。

どこで生まれ、どこで育って、どうしてこの街に来たのか。

僕は、まだ……何も知らない。


その日も、僕は一人でまったり喫茶店を訪れた。今日は人間の姿を取っている。耳も尻尾も隠しているし、傭兵団の上着も羽織《はお》っていない。知らない人が見たら、人間にしか見えないだろう。

カランとベルが鳴ると、キッチンから店長が顔を出す。

「こんにちは、いらっしゃいませ」

白銀の髪を緩く三つ編みにした少女、ローニャ。彼女は青い目を細めて、明るく笑いかけてくる。

「今日も、お一人ですか？」

「昨夜は、人間の傭兵団と鉢合《はちあ》わせしてね。彼らが戦っていたから、僕達は早々に引きあげたんだ。下手に僕達が手を出すと、面倒なことになる可能性もあるし。こういう時は、家に帰って睡眠を貪《むさぼ》る。他の皆は、まだ寝てる。声をかけたけれど、起きなかったんだ」

ドムスカーザの領主に、僕達は雇われている。普段、このあたりには僕達しかいないけれど、別の街で雇われた傭兵や、流れの傭兵がやってくることもある。傭兵というのは気性の荒い奴が多く、問題を起こす奴も少なくない。

別の傭兵達と出くわしてしまった時には、下手なトラブルに巻き込まれないよう、すぐ引きあげることにしている。

「あら、そうでしたか。……不規則な生活をなさっていますが、お体は大丈夫ですか？」

カウンター席に座ると、心配そうな眼差《まなざ》しを向けられる。

「人間より丈夫だから。ちゃんと睡眠を取れば問題ない」

「丈夫でも、油断は禁物です」

彼女の言葉からは、心からの気遣いがうかがえる。……獣人族を嫌う人間が多いというのに、本当に変わった少女だ。

「皆さんが揃ってから、注文されますか？」

「そうさせてもらうよ。ラテだけもらえる？」

「はい」

穏やかな声で返事をしたローニャは、キッチンに戻った。

若く美しい娘が、この最果ての街に引っ越してきて、一人で喫茶店を経営している。言葉遣いや立ち居振る舞いからして、育ちはよさそうだ。お金持ちの家の子で、遺産で店を買ったのだろうか。

彼女はかつて、好きな本すら読ませてもらえないような環境にいたという。流行の本は読んでいたそうだが、妙な話だ。何か事情があり、周囲の者から労働でも強いられていたのかと思った。でも彼女の手は、過酷な労働に身を置いていた者の手ではない。綺麗な手だ。

「お待たせしました」

その綺麗な手が、僕の前にラテを置く。コーヒーの香ばしい匂いに混じり、甘い香りが漂《ただよ》った。

ローニャは、カウンターに置いた僕の本に目を向ける。

「今日も読書ですか？」

「そう。今は推理小説を読んでるんだ。ローニャは推理小説、好き？」

「はい、好きです。探偵ものが一番好きです」

「読み終わったら貸すよ」

「いいのですか？　ありがとうございます」

嬉しそうに微笑むと、ローニャは「邪魔しちゃいけませんね」と再びキッチンに戻ろうとする。僕は、構わないと言って彼女を引き止めた。

「そういえば、先日のガウーのステーキはいかがでしたか？」

彼女に尋ねられ、笑顔で答えた。

「美味《おい》しかったよ。皆も気に入ったみたい」

本来メニューにないのに、彼女はステーキを出してくれる。この間、出してくれたガウーのステーキには、トマトソースが添えられていた。飽きないように、味付けも変えてくれるのだ。そこまでしなくても、日頃なかなか美味《おい》しいものにありつけない僕達は、肉を焼いてくれるだけで満足だ。

ローニャは他の客の声にも応《こた》え、ケーキ作りのほうも試行錯誤を重ねているらしい。

僕達だけが特別なわけではないだろうけど、客として大事にしてくれているのは確かだ。むずむずするような感じがして、少し嬉しい。

ローニャは口元に手を添えて、やわらかく笑う。やっぱり、気品のある仕草だ。

その時、キッチンからかすかな音が聞こえた。彼女は僕に一言断って、キッチンに向かう。

ローニャ。年齢は多分、十五、六歳。家名は誰も知らず、何か事情があってこの街にやってきた。

愛らしい笑みで、接客も丁寧。心地良いこの店には、多くの客が足を運んでいる。ケーキとコーヒーが絶品なのも、人気の理由だ。

先日、妖精までやってきた時には本当に驚いた。妖精達と親しくしている様子から、人間以外の種族との関わりに慣れていることがわかる。だから偏見を持たず、獣人にも敬意を示すのだろう。

素性を隠さなければならない理由はわからない。ただ、彼女自身が犯罪を犯したわけではないと思う。僕達は、犯罪者には鼻が利く。彼女からは、そういった匂いがまったくしない。

そういえば、失恋したばかりだと言っていた。貴族か金持ちと付き合っていたけれど、縁を切るために大金を渡され、遠くに追い払われたのかもしれない。

……いや、しかしそれにしては毎日楽しそうだ。単に、前向きな性格なのだろうか。

「……」

考えれば考えるほど、謎が深まる。

ふと、すぐ近くで小さな物音が聞こえた。キッチンからの音ではない。リスや鼠《ねずみ》が走り回っているような、小さな小さな足音だ。

振り返ると、テーブル席のそばに黄緑色の塊《かたまり》が見えた。テーブルの脚に隠れているつもりらしいが、お尻がはみ出ている。……妖精だ。

森を散歩している妖精なら見たことはあるが、たくさんの妖精を間近で見たのは、この間が初めてだった。まだ色づいていない、花の蕾《つぼみ》のような妖精。ローニャ曰《いわ》く常連客らしい。

どういった経緯で、妖精がこの店に来るようになったのか。人見知りならば、人間の店どころか街にさえ来ないだろう。そもそも、何がきっかけで妖精達に懐かれたのか。

……この妖精達の棲処《すみか》がわかれば、彼女の故郷もわかるだろうか。

テーブルの脚に隠れている妖精を思わず凝視《ぎょうし》していると、ローニャの声が聞こえた。

「ふふ。今、偵察中なんです」

彼女は、カウンター越しにこちらを見つめ、おかしそうに微笑んでいる。

「セナさんの尻尾が気に入ったみたい。また触らせてもらうために、セナさんを偵察中なんですよ」

「……ふぅん、慎重なんだね」

「時間がかかるとは思いますが、セナさんが良い人だって、きっとわかってくれます。その時はまた触らせてあげてくださいね」

こそこそと顔を出したり引っ込めたりしている、小さな妖精。

あ、三人いる。丸見えだ。

別に、今すぐにでも触らせてあげるのに。

……まぁ、いいか。好きにさせてあげよう。

それに、僕も偵察を続けたい。対象は、ローニャだ。

四人で初めて来た日、シゼはローニャのことを気に入ったようだった。僕達が仮眠を取っている間に、何かあったのかもしれない。シゼはもともと直感が鋭く、人を見る目がある。いずれにせよ、信頼できると感じたんだろう。

シゼとローニャがもう少し親しくなるように仕向けたい。シゼは自由気ままだ。

それに、自分で決めたことは譲らない。僕がお膳立《ぜんだ》てしようとしても、難しいだろう。

――その時、思考を遮《さえぎ》る足音が聞こえた。妖精のものじゃない。店の外のポーチを踏み付ける、重い足音が複数。聞き慣れたシゼ達のものでもない。

カランッカランッ。

いつもより乱暴なベルの音が鳴る。途端に、悪臭が鼻に届いて顔を歪《ゆが》めた。目を向ければ、案の定——柄《ガラ》の悪い大きな男が四人、入ってきた。砂や鉄や血の臭いからして、同業者だと思う。昨夜、僕達の縄張りで戦っていた傭兵だろう。

「いらっしゃいませ」

喫茶店には不釣り合いな客に対しても、ローニャは笑顔で挨拶《あいさつ》した。僕達が初めて来た時と同じだ。

どんな客でも笑顔で迎えるのは、接客業の仕事として当然だけれど、少しは身の危険を感じてほしい。

「こりゃ可愛いおじょーちゃんだっ！」

「独り身なんだってなぁ？　酒注《つ》いでくれよ、酒ぇ！」

おそらく、街で良い店がないか聞き回ってきたのだろう。この街は獣人傭兵団の縄張りで、この店に獣人が通っているとは知らない、愚《おろ》か者達。

街の住人達も、これだけ柄《ガラ》の悪い奴らに脅されれば、口を割るしかない。まぁ、この時間には大概僕達がいるから、大丈夫だと思ったのかもしれないけれど。

男達はゲラゲラと下品な笑い声を上げ、ローニャを舐《な》め回すように見る。その視線は不快なはずなのに、ローニャは笑みを保ったままだ。

「申し訳ありません。当店では、お酒を取り扱っておりません。コーヒーとジュースならありますが、いかがですか？」

「あぁ？　酒が欲しいんだよ、酒がよー、おじょーちゃん」

「あと腹減ってんだよ。夜通しお仕事してたからさ。なんかガッツリ食いてぇなぁ」

「ガウーのステーキなら、作れます。ですが、お酒は料理用しかないのでお出しできません」

僕達に対応した時と同じように、無理なものは断り、応《こた》えられるものには応《こた》えようとする。

本当にこの人には、危機感が足りていない。それとも僕がいるから安心してくれているのだろうか。

「客が欲しいって言ってんだから、出せよっ!!」

男の一人がカウンターまでやってきて、僕のカップを床に叩き付けた。当然割れて、残ったラテとともに飛び散る。

僕は立ち上がり、その男を捩《ね》じ伏《ふ》せてやろうとした。けれど、その手をローニャに掴まれる。

「困ります、お客様。これ以上の迷惑行為をなさるなら、出ていってもらいます」

ローニャは、男に向かってそう言った。笑みは消えて、真面目な表情を浮かべている。

「出ていってもらうだと？　そんなか弱い体で、何ができんだよ？　やってみろ」

「小僧もやんのか？　引っ込め、チビが」

他の三人も近付いてきて、ゲラゲラと嘲《あざけ》り笑う。口臭も、ひどい。

僕はため息をついた。遅かれ早かれ、こういうことは起こると思っていた。それにしても、まさか同業者が真っ先に彼女に手を出そうとするとは。

僕達の印象まで悪くならないうちに、さっさと獣人に変身して追い払おう。獣人族の力を知らないバカなら、力業《ちからわざ》で追い出すまでだ。

けれども変身をする前に、手をぐっと引っ張られる。その瞬間、お菓子と植物の甘い香りに包まれた。

「警告です。すみやかに出ていってくださらなければ、強行いたします」

ローニャの凛とした声がすぐそばから聞こえる。彼女は僕の右腕を左腕でしっかりと掴み、空いている右腕を男のほうへ伸ばした。その中指には、魔法道具の指輪が嵌《は》まっている。

それで対抗するつもりなのか。しかし彼女は以前、この指輪が護身用にはふさわしくないと言っていた。持ち主の力以上のことはできず、手を触れずにものを持ち上げたり、動かしたりできるだけだと。

「可愛がってやるから、さっさとそのチビすけをどけろよ。そうだ、てめぇが酒を買ってこい。おじょーちゃんは、お詫びに接待しろや」

「あと十秒です。追い出させていただきます。十、九……」

ローニャは、落ち着き払った声でカウントを始めた。

僕の耳に届くのは、その声だけ。僕の鼻に届くのは、その香りだけ。

「……ゼロ。〝――けがれなき空気を歪《ゆが》め、目に映すものを惑わせよ――〟」

歌うような呪文が聞こえた瞬間、魔力を感じた。その強い魔力にあてられて、変身してしまいそうになるが、なんとか堪《こら》える。

「な、なんだっ⁉」

「魔法かっ⁉」

途端に男達は青ざめ、視線をさまよわせる。しきりに宙を気にしているが、そこには何もない。しかし男達は怯《おび》えた様子で固まっている。

「こ、こんな魔法に負けるかぁっ‼」

「ふざけんなよ、おらぁあ！」

各々が武器を取り出し、ローニャに向かってこようとする。僕は構えを取ろうとしたのだけれど——

「出入り禁止にさせていただきます」

彼女の綺麗な指先が、パチンッと音を鳴らした。すると、魔力の込められた光がパッと弾《はじ》ける。

店の空気が、劇的に変わった。強風が巻き起こったように見えたが、店の中のものは何一つ動いていない。ただ扉だけが勢いよく開いた。そして強風らしきものが大男四人だけを絡めとり、荒々しくドアの外へ抜けていく。

嵐が過ぎ去ったような静けさの中、パタリとドアが閉まった。ベルさえも鳴らさないまま、平穏が戻る。

「ラテ、淹《い》れ直しますね」

ローニャは、僕の腕から手を離した。カップの破片は、もうすでにない。

扉の外の気配を探るが、奴らが戻ってきそうな気配はなかった。

……彼女が使えるのは、魔法道具の力を借りた念力と、治癒魔法だけだと思っていた。

とんだ間違いだ。

幻影を見せる魔法も慣れた様子で使っていたし、おそらくこの店には結界が張ってある。彼女は、指を鳴らすだけでそれを発動させた。

何より、間近で感じた彼女の魔力。相当の力を秘めている。

本を読んで、かじった程度の腕前ではない。しっかり学んだに違いない。

魔法を学べるような学校に通うには、金がかかる。庶民は到底通えない。つまり、彼女は裕福な家に育ったのだ。

魔法を学んだ者ならば、職には困らないと聞く。魔法の使い手を欲している機関は多く、引く手あまたなのだ。それなのに、彼女はこんな辺鄙《へんぴ》な街で喫茶店を開いた。

「……ねぇ。なんで、この街に来たの？」

僕は思わず尋ねる。

テーブルの下に隠れていた妖精をすくい上げながら、ローニャはきょとんとした顔で首を傾げる。

「まったりしたいからです」

まったり。この店の名。

――どうぞ、この店でまったりなさってください。ここは、まったり喫茶店ですから。

仲間と一緒に初めて店を訪れた時、彼女はそう言っていた。

自分の身は自分で守れるから大丈夫。だからこの店でまったりしてくださいと。獣人にも怯《おび》えないはずだ。護符《ごふ》などなくとも、彼女は至極簡単にその身を守れる。

「……君、怖いものはないの？」

「え？　ああ……今の男性方より、兄のほうが怖いです」

妖精をテーブルに下ろしたローニャは、苦笑を漏《も》らす。

「ふうん。さっき、幻覚を見せてたよね？　どんなもの？」

「宙に無数のナイフが浮いている幻覚だったのですが、あまり効果はなかったですね」

妖精のほうは、すっかり怯《おび》えて固まっている。三人並んで座り込み、心なしか顔色が悪い。

「すみません。セナさんはお客さんですから、手を煩《わずら》わせたくなくて」

ローニャは僕に謝りながら、妖精達にマシュマロを一つずつ配る。妖精達はハッと顔を上げ、目をキラキラさせながらマシュマロにかぶりついた。

「彼らがセナさんに絡まなければ、大目に見たのですが……」

その呟きに、僕は呆れてしまった。

「……客に甘すぎるよ」

ローニャは、寛容すぎる。そういうところが、心配だ。

深く息を吐いてから、目を閉じる。全身にぞわぞわと痺《しび》れるような感覚が走り、変身が完了する。

僕は瞼《まぶた》を上げて、ローニャの青い瞳と視線を合わせた。それから彼女に歩み寄り、その首元に顔を埋める。

「セ、セナさん？」

ローニャが上擦った声を上げる。

「悪臭のせいで鼻が曲がりそうだから……少しじゃれさせて」

「えっ、ああ、はい」

本当はもう気にならないけれど、さっきまで鼻が曲がりそうだったのは事実。ローニャの許可を得たから、僕は心置きなく頬擦りをする。ただここでローニャの頬を舐《な》めたら、彼女を人間の肌を見ていると、舐《な》めたくなる。ただここでローニャの頬を舐めたら、彼女を驚かせてしまうだろう。

僕は、ただゆっくりと頬擦りをする。

君には気を許している、君と仲良くしたい、君が好き――そんな意味を込めた行為。

気持ちが良いし、心地良い。

やがてローニャの体から力が抜ける。彼女は僕の頭の上にそっと掌《てのひら》を乗せ、優しく撫《な》でてくれた。

……ローニャのことを知らない。

どこで生まれ、どこで育ち、なぜこの街に来たのか。

僕は、まだ……知らない。

だけど、少しずつ、知っていく。ヒントを拾い集めて、彼女の素性に近付く。じっくりと、時間をかけて、友の謎を解く。

謎は深まるばかりだけれど、それを解き明かすのは楽しみだ。気が付くと、自分の尻尾がゆらゆら揺れていた。

「ん？」

尻尾に何かが触れた気がして、軽く振り返る。すると、カウンターテーブルから手を伸ばす妖精達の姿が見えた。

僕と目が合うと、ギョッとした様子で逃げ出す。しかしそれぞれぶつかってしまい、テーブルからコロンと転がり落ちた。

「あら、逃げちゃいましたね」

ローニャがクスッと笑う。それから彼女はキッチンでラテを淹《い》れ直してきてくれた。

僕は席に戻り、ラテを味わう。ほのかに甘く、コクの深い味わい。

そこでようやく、シゼ達がやってきた。

ローニャはいつも通り、笑顔で迎え入れる。

「ああん!? 昨夜の傭兵が店長に絡んできただと!? ざけんな、どこだ! ボコボコにしてやる!!」

さっきの出来事を報告すると、チセが毛を逆立てて怒鳴り散らした。リュセも、気に入らないといった様子で顔をしかめている。

僕は、「もう済んだから。座りなよ」と二人を宥《なだ》めた。

ローニャが魔法で追い返したことは、あとで話しておこう。

ふとシゼを見ると、ローニャをじっと見上げていた。

――いつか、ローニャ自《みずか》ら過去について話してくれるかもしれない。徹底的に隠すつもりはなさそうに見える。

だけど、時間はかかりそう。彼女が打ち明けるのが先か、僕が謎を解くのが先か。

どちらにせよ、楽しい時間になることはわかっている。

僕は密かに笑みをもらして、カウンターに置かれた砂時計をひっくり返した。

2　朝蜘蛛《あさぐも》は吉兆。

太陽の光で目覚め、清々《すがすが》しい気分で背を伸ばす。いつものように朝の支度を済ませた私は、一階に下りて開店前の作業を始めた。

今日作るのは、ムースを挟んだチョコケーキと、ショートケーキ。この頃、食べ過ぎを気にしている女性のお客さんが多いから、ミニサイズのものも作った。

指についた生クリームをペロリと舐《な》める。

すると、ケーキ作りを手伝ってくれていたロトが「あーん」とおねだり。余ったクリームを少しだけすくって、ロトの口元に差し出した。

ぱむっとクリームを食べたロトは、小さな両手を頬に当てて微笑んだ。美味《おい》しかったみたい。

その時、店内から妖精達の声が聞こえてきた。はしゃいで歌っている時とは違う。なんだか騒がしい。

キッチンからお店のほうへ向かうと、ロト達は掃除を中断し、「めぇ！」と甲高い声を上げている。

　その原因は……小さな蜘蛛《くも》。迷い込んだ蜘蛛《くも》に、出ていってもらおうとしていたみたい。床のあちこちで通せんぼして、なんとか出口へ誘導しようと奮闘している。

　でも蜘蛛《くも》は右往左往するばかりで、うまくいかない。

　やがて一斉に、「わー」と蜘蛛《くも》を追いかけ始めたロト達。両手をパタパタと振って必死だけれど、これも失敗。互いにぶつかってしまい、ぽむっと転んだ。

　微笑ましい光景に頬が緩む。

　私はロト達にお礼を言いながらしゃがみ込み、両手でそっと蜘蛛《くも》を閉じ込めて捕まえる。それから窓枠の上に乗せて静かに窓を開けると、蜘蛛《くも》はぴょんっと外に出ていった。

　今日は、とてもいいお天気。雲一つない青空が広がっている。

「何かいいことが起きるかしら」

　この世界でも、朝蜘蛛《あさぐも》は吉兆の印。少しの高揚感を抱きながら、朝の空気を胸いっぱいに吸い込んだ。

　お客さん達で賑《にぎ》わう、午前中。

　最近は女性のお客さんのほうが多く、男性のお客さんはコーヒーをテイクアウトして帰っていく。

「昨日、別の傭兵団が来たんだって？　街でも暴れたあとにこの店に行ったたって聞いたけど……ローニャちゃんも店も無事でよかったよ」

お持ち帰り用のコーヒー容器を渡すと、お客さんからそんなことを言われる。

昨日、セナさんと一緒にまったりしていたところに、傭兵団の男性が四人やってきた。かなり酔っぱらっていたようで、セナさんと一触即発《いっしょくそくはつ》の状態に。だから仕方なく、結界を発動させて追い出した。彼らは出入り禁止。結界の張られたこの店には、もう入ることができない。

私はにっこり笑みを浮かべて、「大丈夫でした」と答える。

「まったく、これだから傭兵は横暴で困るよね」

「……昨日の方達と比べたら、獣人傭兵団の方達は、皆さん良い人達です」

「あはは、ローニャちゃんはいつも、あの獣人傭兵団の肩を持つね」

本当に良い人達なのに、軽く流されてしまった。

テイクアウトのお客さんを見送りキッチンへ戻ろうとした時、一人のお客さんに目がとまる。

テーブル席に一人で座っている、赤毛の女性客。いつもはお友だちと三人で来てくれる、常連さんだ。どうやら今日は、一人みたい。

彼女は、しきりに手をさすっていた。少し顔色も悪いように見える。

「店内、寒いですか？」

「あ、いえ……実は冷え性で」

尋ねてみると、彼女は苦笑を零《こぼ》した。

寒い季節ではないのに、手が冷えてしまっているみたい。

「冷え性なら、コーヒーは控えたほうがいいかもしれません。あ、ちょうど昨夜から煮込んでいる野菜スープがありますが、いかがですか？」

ガウーの骨で出汁《だし》を取った、野菜たっぷりスープ。お昼にはちょっと早いけれど、体は温まるはず。

彼女は少し驚いたような顔をしつつも、「お願いします」と答えてくれた。

赤毛のお客さんにスープを運び、空いたカウンター席を片付ける。それからテーブル席のお客さんに飲みもののおかわりをお出ししたところで、隣の席のお客さんに声をかけられた。

「ねぇねぇ、店長さん。これ、どう思いますか？」

ミニケーキを食べている、三人組の女性客。年齢は私と同じくらい。

私に声をかけたのは、金髪の少女。髪をそっとかきあげて、百合《ゆり》の花をモチーフにした髪留めを見せてくれる。

「よく似合っています。可愛いですね」

「でしょー？」

どうやらその髪留めは、アクセサリー店の新作らしい。話を聞くと、三人は婚活中なのだとか。素敵な男性と恋ができるよう、お洒落《しゃれ》に力を入れているという。

「王子様にも見初《みそ》められるかしら？」

「やだっ、サリーったら」

金髪の少女はサリーというみたい。

「でも王子様に選ばれたら、庶民でも結婚できるじゃない？」

サリーさんの言葉に、他の二人は苦笑を漏《も》らした。

「確かにそうだけど、王子様と会う機会なんてないわよ」

「それに、まだ十三歳でしょう？」

この国の王太子には、まだ婚約者がいない。国王陛下は本人に結婚相手を決めさせると宣言し、持ちかけられた縁談はすべて断ったと聞いている。

サリーさんの言葉通り、王太子に選ばれたら身分に関係なく結婚することができる。

だけど、王都とこの街は距離がありすぎる。サリーさんが王太子と出会うのは難しいだろう。

「店長はどんな人と結婚したいですか？」

「えっ？　私ですか？」

突然話を振られて、驚いてしまう。

結婚したい相手……ふとシュナイダーの顔が浮かび、私は慌てて首を横に振る。彼とはもう決別したのだから、忘れなくちゃ。

「店長、少し前まではいろんな人に言い寄られてたでしょ？　ほら、ケイティーがかっこいいって言ってた人も！　全然来なくなっちゃったけど」

「マックウェイさん！　素敵よね、あの人！　レインも知ってるでしょ？」

サリーさんの向かいに座る二人は、ケイティーさんとレインさんというらしい。

「うん、お洒落《しゃれ》な人だよね。そういえば、店長さんに求婚してなかった？」

レインさんの言葉に、サリーさん達が身を乗り出してくる。

「ええっと……求婚はされていません。彼のお店で働かないかとは言われましたが、お断りしました」

「えぇー!!」

「なんでー⁉」

三人の声がお店に響く。なんだか、前世の女子高生みたい。

私が少し苦笑していると、サリーさんがハッとしたような表情で言う。

「店長さん、もしかして獣人の誰かが好きだったりしてー？　とびっきりかっこいい人、いますよね。あの白い髪の人！」

「人間の姿なら、でしょ。獣人だよー？」

ケイティーさんは、ちょっと眉をひそめている。

白い髪ということは、リュセさんか。

「魅惑的でかっこいい方ですよね」

気が付くと、そう口にしていた。

スラッとした長身で、顔も整っている。白い髪はキラキラしていて、王子様タイプの容姿。

何度か話しかけてみたけれど、まだツンツンした態度を取られている。いつか打ち解けてくれるだろうか。

私の返答に、ケイティーさんが身を乗り出す。

「でも嫌でしょ？　獣人なんて。人間を引きちぎっちゃうなんて、怖すぎて近付けない」

「そもそも、傭兵は結婚相手にふさわしくないわ」

レインさんがそう言うと、サリーさんとケイティーさんも頷き合った。

そんなことはないのに。獣人が残忍だという印象は、街の人達に根付いてしまっているみたい。

「……私は怖くないですよ。単に、それほどの力を持っているというたとえ話でしょう？彼らが実際に人間を引きちぎったという話は、聞いたことがありません。傭兵団の皆さんは、良い獣人ですよ」

思わずそう口にすると、サリーさん達は互いに顔を見合わせる。そしてすぐに、サリーさんが噴き出した。

「やっぱり、好きなんでしょ？」

「ええ。獣人傭兵団の皆さんのこと、私は好きですよ」

そう微笑んで返した時、店の扉がカランカランと音を立てた。

新しいお客さんかしら。

扉のほうに目を向けると、そこに立っていたのはリュセさんだった。今日の彼は、耳も尻尾も隠した人の姿。

キラキラ輝く純白の髪の隙間から、ライトブルーの瞳が覗《のぞ》いている。漆黒の上着はボタンを留めずに羽織《はお》り、汚れたVネックのシャツが見えていた。

むすっと唇を尖らせ、うつむくリュセさん。

「いらっしゃいませ」

「……ん」

挨拶《あいさつ》をしてから時計を見ると、まだ十一時過ぎ。いつもより早いご来店だ。それに、今日は一人かしら。

ふと店内に目を向けると、お客さん達が慌てて帰る支度を始めていた。中でも、サリーさん達は真っ青だ。直前まで彼らの話をしていたからかもしれない。

三人はテーブルにお金を置き、リュセさんを避けるようにして店を出ていった。他のお客さん達も同じように帰っていく。

最後の一人が立ち上がったのを見て、私はハッとした。

「あの、少しだけお待ちいただけますか？」

「……え？」

それは、冷え症だと言っていた赤毛のお客さん。彼女はリュセさんを気にしつつも、私を待ってくれている。

私はすぐにキッチンへ向かい、ココアを淹《い》れてテイクアウト用の容器に注《つ》いだ。それから店内に戻り、お客さんにそっと手渡す。

「ココアです。よかったらどうぞ。きっと温まりますから」

すると赤毛のお客さんは驚いたような表情を浮かべた。

「あの、お代は……」

「大丈夫です。コーヒー、ほとんど飲まれていなかったから」

お客さんはふわりと微笑んでお礼を言い、店を出ていった。

私はその姿を見届けて、リュセさんに向き直る。

「今日はお一人ですか？」

「……オレだけ先に帰ってきた」

「そうですか……今、片付けますね」

リュセさんは、初めてカウンター席に座った。いつもはテーブル席なのに。

ちょっと不思議に思いつつ、食器類を片付けてテーブルを拭《ふ》く。

その間、リュセさんはライトブルーの瞳をじっとこちらに向けていた。

だけど手を止めて目を合わせると、リュセさんはそっぽを向いてしまう。

会話をするべきか、放っておくべきか……悩む。

最後の食器をキッチンに運び、カウンターを拭《ふ》き終えた瞬間——

ふわり。

リュセさんが目を閉じると、わたあめのように膨《ふく》らんだ白い煙が現れた。その煙の中から出てきたのは、白いチーター。

人間の時と同様、純白の髪にライトブルーの瞳。長い睫毛《まつげ》も純白で、どこもかしこも真っ白だ。

丸みのある小さな耳と、猫科らしい顔立ち。長い尻尾はピンと立っている。

リュセさんの変身を見たのは、初めて。嬉しくなって笑みを浮かべたけれど、純白のチーターさんは、またプイッと顔を背けてしまった。

3　お嬢。＊リュセ＊

オレ達を忌《い》み嫌う奴らなんて、嫌いだ。

オレ達を忌《い》み嫌う街なんて、嫌いだ。

居心地の悪いこんな場所、嫌いだ。

でも、彼女は……

国境からほど近い荒野。戦いを終え、オレは太陽の眩《まぶ》しさに目を細めた。

陽はすっかり昇り、目の前には隣国の荒くれ者達が落としていった荷物が転がっている。

「おっ！　ルビーかな？　原石なんて落ちてやがる、もーらい」

おそらく、荒くれ者の誰かが落としていったのだろう。地面の上に、真っ赤な石が転がっていた。手の中におさまるくらいの大きさで、陽の光に透《す》かすときらきら輝く。

「今日はこれで払おうぜ？　先に帰ってるー」

一息ついているボス達に、声をかける。チセだけが「おー」と返事した。

宝石はポケットに入れて、全力で荒野を駆ける。時折休憩を挟みながら、グングンと風を切って突き進んだ。

いつもは皆と残党がいないか確認しながら戻るけど、こうやって走って帰るのも好きだ。

尻尾でバランスを取りながら、嫌いな街を目指して走り続ける。

そこそこ広いが、自慢できるところなんて特にない、平凡な街ドムスカーザ。

街に戻ると、オレは人間の姿に変身した。

ポケットの中から赤い宝石を取り出し、改めて眺める。

やっぱり、ルビーだ。アイツは、アクセサリーにしたほうが喜ぶだろうか。

アクセサリー店に向かおうとして、すぐに思い直す。

「あー……でも……」

お代にアクセサリーを渡しても、嫌がられそうだ。

そもそも、アイツはアクセサリーが好きなのか。指輪はたまに付けているけど、あれは魔法道具だと聞いている。ピアスやネックレス、ブレスレットなどはまったく付けていない。

それに、ルビーなんてアイツに似合うかな……

スカイブルーの空を見ながら、ローニャという名の娘を思い浮かべる。そしてルビーのピアスやネックレスを付けているところを想像したけれど、微妙な気がした。

女なら喜びそうなのに。アイツは違うかも。

少し悩んだあと、アクセサリー店には寄らず、直接アイツの店に向かうことにした。

どんなアクセサリーが好きか、直接聞いてみることにする。

太陽の位置からすると、まだ十二時にはなっていない。

今、店に入ったら嫌がられるかな……

いや、それより、オレ一人でどういう態度を取ればいいんだ？

あー、わっかんねぇ！

……人間は、オレ達獣人を忌《い》み嫌う。

人の姿を取っている時は好意を向けてくるのに、オレが獣人だと知ると、あっけなく離れていく。そういう時、最悪な気分になってしまう。

だけど、オレは好意を向けてくれる奴が好きだ。そういう奴には優しくしたくなるし、なんでも与えたくなる。その時の気持ちは嫌いじゃない。

……アイツ、ローニャは……変わっていると思う。

オレ達が獣人だとわかっても、笑って迎えてくれる。出禁にするどころか、オレ達に肉を焼いてくれるくらいだ。

初めは、護衛はいらないと言いつつ、オレ達を護衛がわりに置いているのかと思っていた。でも昨日、大男四人を魔法で追い払ったらしい。本当に、自分の身は自分で守れるようだ。

獣人だと知っても好意的に接してくれる存在。

「……あ～っ」

胸の中が熱くなる。オレは路地裏に入ってしゃがみ込み、シャツをあおいだ。

……どう接すればいいか、わからない。

言い寄ってくる女とはすんなり話せるのに、アイツの場合はわからない。

下手なことをして嫌われたら……そんなことを考えると、どうにも怖《お》じ気《け》づいてしまう。

今さらこの街の連中に、好かれたいなんて思わない。オレ達は、ボスがいるからここにいるだけ。どんなに居心地が悪くても、仲間といられればそれでいい。

……そう思っていたのに。

あんな店は、他にはない。獣人の姿のまま、まったり過ごして、美味《おい》しいものを食べながら笑い合える店。あの店だけなんだ。

失いたくないからこそ、わかんなくなる。嫌われない接し方って、どういう接し方なんだ？

しばらくぐるぐる考えて、バッと立ち上がる。

……くそ、だっせー。こんな態度のほうが嫌われる！

答えは出ていないが、これ以上考えても意味がないように思えた。セナやチセだって普通に話せているんだから、平気だ。

やがて、その店に辿り着く。まったり喫茶店。でも中に客がいることに気付き、扉を開けるのに躊躇《ちゅうちょ》する。

……今いる客が帰ってから、入るか。ポーチの階段に座り、ちょっと待つことにする。

やがて店の中から騒がしい声が聞こえてきた。ローニャじゃない。女性客だろう。

「店長さん、もしかして獣人の誰かが好きだったりしてー？　とびっきりかっこいい人、いますよね。あの白い髪の人！」

……オレの話か？　思わず耳を傾ける。

「魅惑的でかっこいい方ですよね」

ローニャがオレを褒めてくれている。また胸が熱くなって、ギュッとシャツを握りしめた。

オレ、ダントツで印象悪いと思ってた。かっこいいとか、思ってたのか……

「でも嫌でしょ？　獣人なんて。人間を引きちぎっちゃうなんて、怖すぎて近付けない」

だけど、客の言葉でサッと熱が引いていった。

……ふざけんな。人間を引きちぎるわけないだろ。そんなイカれたこと、しようと思ったこともねーし、した奴なんて知らねーよ。

いい加減なことを、ローニャに言うなよ。これだから、この街の人間が嫌いなんだ。

最悪な気分。

ローニャがそれに同意してしまったら、オレはもうこの店に来られない。だから答えを聞きたくなくて、オレはその場を離れようとした。

「……私は怖くないですよ」

腰を上げた瞬間、そんな言葉が耳に届いた。ローニャの声だ。

「単に、それほどの力を持っているというたとえ話でしょう？　彼らが実際に人間を引きちぎったという話は、聞いたことがありません。傭兵団の皆さんは、良い獣人ですよ」

優しく、穏やかな声。きっといつもの笑みを浮かべているんだろう。

「獣人傭兵団の皆さんのこと、私は好きですよ」

オレ達を好いてくれる存在。いつだって、温かく迎え入れてくれる存在。

気付くとオレは、店の扉に手をかけていた。

カランカランというベルの音で、ハッと我に返る。店にいる客が帰ってから、入るつもりだったのに。

「いらっしゃいませ」

ローニャから笑顔を向けられて、まともに顔を合わせられなかった。俺は「……ん」とだけ答える。

そそくさと店を出ていく客達を、ローニャはただ「ありがとうございました」と穏やかに見送る。だけど、最後の一人を引きとめてココアを渡していた。

オレは一人で先に帰ってきたことを伝え、カウンター席に腰を下ろす。ローニャは、てきぱきと店内の席を片付けていた。

横顔を見つめていたことがバレたのか、ローニャが手を止める。オレは慌ててそっぽを向いた。

……やべー。喋《しゃべ》れねぇ。

何か話したいのに、言葉が出てこない。そもそも、アイツをなんて呼ぼうかまだ迷ってる。店長って呼ぶのは、しっくりこない。かといって名前で呼ぶと、ボスが怒りそうだ。ローニャ店長？　これもイマイチだ。

ローニャは皿を手に、キッチンに行ってしまった。

アイツは、立っている時も歩く時も、背筋をピンと伸ばしている。座って読書している時、コーヒーを飲む時さえも、居住まいが正しい。全部の仕草に、気品がある。貴族のお嬢様みたいだな……。

キッチンから戻ってきたローニャが、今度はカウンターを拭《ふ》き始める。

そうだ。変身するところを見せて、会話のきっかけにしよう。前にチセとボスが見せたら喜んでいたらしいし。

オレは目を閉じた。

ぶわっと全身にくすぐったさが広がれば、変身は完了。

目を開けて見上げると、嬉しそうな青い瞳と視線がぶつかった。直視できなくて、また顔を逸《そ》らしてしまう。

「皆さんが来るまで、ジュースはいかがですか？　ラズベリーとチェリーのミックスジュースがおすすめです」

「……うん」

穏やかな声で話しかけてくれたけど、オレは頷くだけ。

オレがまた黙っている間に、ローニャは赤色のジュースを持ってきてくれた。一口飲んでみると、甘酸っぱい。けっこー美味《うま》いな。

「お口に合いましたか？」

ローニャは、首を傾げて尋ねてくる。

「うん、美味《うま》いよ」

「良かった。リュセさんは甘酸っぱいものがお好きなんですよね」

「えっ……」

オレは思わず目を見開いた。

確かに、ただ甘いものより、甘酸っぱいもののほうが好きかもしれない。だけど、そんなこと、セナ達にさえ言ったことがない。よく見てるんだな。

「……なぁ」

ちょっと声が震えた気がしたが、オレは構わず言葉を続ける。

「お嬢って呼んでいい？　店長ってなんかしっくりこないし、お嬢様みたいでぴったりだと思うし……だめ？　ローニャお嬢」

呼び方について尋ねてみた。

ローニャは驚いたように目を丸くして、少しだけ考え込む。そして——

「リュセさんのお好きにどうぞ」

にこりとやわらかく笑ってくれた。

ちょっと距離が縮まったように感じられて、嬉しくなる。

オレは、キッチンへ向かおうとするローニャに長い尻尾を伸ばした。彼女の腰に絡ませて、こちらにぐっと引き寄せる。

するとローニャは目を見開いて固まり、頬がじわじわと赤く染まっていく。

「な……なんですか……リュセさん……」

な、何その反応。可愛いっ。

そういえば、セナがチセに釘をさしていた。ローニャはじゃれるのに慣れてないから、無理にじゃれつくなって。こういうことか。

「……じゃれちゃ……駄目なの？」

じっと見上げて、許可を求める。

「ひ、控えめに、なら……」

「じゃあ、手、貸して」

左手を差し出すと、ローニャは恥ずかしそうに右手を重ねてきた。オレはその手の甲に顔を近付け、軽く頬擦りした。

ローニャはビクリと小さく震える。

ちらりと目を向けると、耳まで赤くしているローニャがいた。恥ずかしそうに唇をギュッと引き結び、震えている姿がもう……

か、可愛いっ！

爆発的に胸が熱くなり、飛び付きたくなった。しかしぐっと堪《こら》えて、頬擦りするだけにとどめる。

ああ、好きだな。じゃれると、そんな気持ちが膨《ふく》れ上がる。

ローニャは空いているほうの手で、口元を押さえた。くすぐったいんだろう。

その滑《なめ》らかそうな肌を見ていると、つい舐《な》めたくなってしまう。だけど、さすがに頬を舐《な》めたら怒られるかな。

オレは、ローニャの手に鼻を当ててみた。ジュースを作ったあとだからか、甘酸っぱい匂いがする。

手の甲をペロリと舐《な》めると、ローニャは小さな悲鳴を漏《も》らした。

「ひゃっ……リュ、リュセさんっ……もう、いいですかっ？」

大きな青い瞳を潤《うる》ませ、尋ねてくるローニャ。

だけど、可愛すぎて、やめたくないっ。ぎゅっと抱きしめて、もっとじゃれつきたい。

そんな、くすぐったすぎる衝動に駆られた。

「お嬢はオレのこと、触りたいんじゃないの？　触っていいんだぜ？」

「べ、別にっ……そんなことっ……」

「尻尾、いつも目で追ってたじゃん」

「……っ！」

尻尾の先をローニャに突き付け、ふりふりと振ってみせる。そしてローニャの手の甲に唇を落とした瞬間、カランカランという音が響き、店の扉が開いた。

ボス達だ。

ボスは、オレが唇を落としたローニャの手を凝視《ぎょうし》して、固まっている。するとボスの背中に、チセがぶつかった。

チセは「どしたんだよ、シゼ？」とボスの横から顔を出し、オレを見る。逆のほうからも、セナが顔を出した。

「い、いらっしゃいませ」

顔を赤らめたまま、ローニャは挨拶《あいさつ》をする。そして手を離してほしそうに、オレに視線を送ってきた。

ボスもオレをじっと見てきたから、しぶしぶその手を離した。

ローニャは、「あ、洗いものの続きを……」と言ってキッチンへ向かう。

ボスは、ゆっくりとオレのもとに歩み寄ってきた。セナとチセは、こちらを気にしながらもテーブル席につく。

……怒った？

ちょっと身を縮めながら、ボスを見上げる。人の姿を取っていても、威圧感は変わらない。

ボスは無表情のまま、手を伸ばしてきた。オレは、目を閉じて身構える。

大きな手が、オレの頭をぐしゃぐしゃと撫《な》でた。おかげで、毛並みはぐっちゃぐちゃ。

ボスはそのまま何も言わず、テーブル席のソファに腰を下ろした。

……なんなんだ。なーんか、いまだに子ども扱いされてる？　拾ってくれた頃と違って、もう子どもじゃねーのに、むかつくなー。

オレは長い爪に気を付けながら、髪を撫《な》で付けて整える。

キッチンの中に目を向けると、ローニャはおしぼりで頬を冷やしていた。

まだ照れてる……可愛い。もっとじゃれつきたいな。

店に来るまでの自分が嘘みたいだ。もっと早く心を開いて、すり寄ればよかった。

じっと見つめていたら、視線に気付いたのか、ローニャがくるりと振り返る。

オレはにんまりと笑ってみせた。

お嬢のいるこの店が、大好きだよ。

4　ご指名。

真っ白な猫さんに、じゃれつかれてしまった。

まるでわたあめのようにふわふわした、やわらかい毛並み。そのもふもふが私の右手にじゃれついてきて、感動した。

今まで距離を置かれていたのに、不意打ちのデレは反則だと思う。ずっと触ってみたかった尻尾を巻き付けてくるのも、反則。顔が熱すぎてやめてほしかったのに、ライトブルーの瞳で甘えるように見上げてくるのも、反則。

シゼさん達が来たタイミングで、なんとか逃れて仕事に戻った。

火照《ほて》る頬を冷ましたあと、注文を取り、料理を作る。

リュセさんはカウンター席に座ったまま、にんまりと笑みを浮かべて尻尾を揺らしている。

リュセさんが心を開いてくれるのは、もう少し先だと思っていたけれど。気を許して、じゃれてくれるのは嬉しい。

「ローニャお嬢」

「っ⁉」

出来上がったステーキをリュセさんの前に置くと、尻尾を腰に回してきた。

貴族令嬢であったことを隠しているせいか、お嬢と呼ばれるとドキッとする。だけどそれ以上に、長い尻尾を巻き付けられることに緊張してしまう。

白いもふもふの尻尾。思わず触りたくなる。きっと頬の感触と同じで、わたあめみたいな触り心地に違いない。

けれど、他の三人の視線が突き刺さる。また火照《ほて》る顔を……みっともない表情を見られるのは、困る。

「駄目ですっ」

くるっと回って尻尾から逃げると、スカートもふわりと翻《ひるがえ》った。

リュセさんは、「えー」と駄々をこねるような声を出し、大きな瞳でうるうると見つめてくる。さすが、猫科。あざと可愛い。なにこの人、甘え上手じゃないか。今までのツンはなんだったの？　ギャップのための罠だったの？

「お、お待たせしました」

リュセさんから逃げて、シゼさん達にもステーキを出す。

ふと、シゼさんがじっと見上げていることに気付いた。琥珀色《こはくいろ》の瞳が、まっすぐこちらに向いている。

もしかして私、すごく情けない顔をしているのでは？　恥ずかしくて、すぐにキッチンに引っ込む。

「お嬢ぉ。こっち来て、一緒に食べようぜ？」

「今日は、遠慮します」

リュセさんがニコニコしながら誘ってくるけど、私は断る。背を向けて、昼食のサンドイッチを頬張った。

獣人傭兵団の皆さんがステーキを食べ終えた頃、お皿を下げようと店内に向かう。カウンターの横を通ろうとした時、白い尻尾がツンッと腕に当たった。

まるで、じゃれよう？　とおねだりするみたいに、こちらを見上げてくるリュセさん。可愛い。はっきり言って、可愛い。頭をなでなでしたくなってしまう。目頭や耳の付け根をグリグリ撫《な》で回したい。

だけど私はグッと堪《こら》えた。駄目です。絶対に、駄目。お客様をデレデレしながら撫《な》でるなんて、しちゃいけません。

プイッと顔を背けてから、カウンターとテーブル席のお皿を下げる。

シゼさんは、またじっと見てくる。何か追加注文したいのかもしれない。私は首を傾げて待った。

「お嬢ー。今日のお勘定、これでよろしく」

カウンターからコンコンという音がして、リュセさんを振り返る。彼は、真っ赤な石を持っていた。

近寄り受け取ってみると、それはルビーの原石だった。掌《てのひら》から零《こぼ》れそうなほど大きく、鮮やかな色味で透明度が高い。

熟練の職人に加工を任せたなら、金貨百枚を余裕で超えるほどのアクセサリーを作れるだろう。

「すごいですね。どこで手に入れたのですか？」

「拾ったー」

「えっ」

リュセさんはニコニコした笑顔のまま、弾《はず》んだ声で言う。

拾った……どこで？　これだけ立派な原石なら、落とした方も探しているのでは？

思わず考え込んでいると、リュセさんが補足してくれた。

「今朝、倒した奴らが忘れてったんだよ」

……なるほど。この原石の持ち主は、隣国から流れてきた荒くれ者だったのね。もしかしたら、誰かから奪ったものかもしれない。

隣国では、さまざまな宝石の原石が採れると聞いたことがある。金貨ではなく、原石のやり取りで代金を支払うことも多いのだとか。

……それにしても、これを受け取ってしまっていいのかしら。支払いには高価すぎる上に、心苦しい。

「お嬢、好きなアクセサリーは何？」

悶々《もんもん》としていたら、尻尾の先がくいくいと手の甲に押し付けられた。

ふわわっ。やわらかいっ！

「好きな、アクセサリーですか？」

「指輪付けてるとこしか見たことなーい。何か欲しいの、ないの？」

リュセさんは私の手を取り、スリスリと頬擦りしてくる。

な、なぜこんなにも、自然にじゃれつくことができてしまうの。恐るべし、もふも……

いえ、獣人。

「べ、別に欲しいアクセサリーなんて、ない、です」

声が裏返ってしまいそうなほど動揺してしまう。もう離してほしい。

「えぇー？　オレ、いつものお礼にプレゼントしたい」

リュセさんは、綺麗な瞳でうるうると見つめてきた。やめて、そんな目で見つめないで。

「そ、それなら、このルビーで充分ですので」

「そう、わかったー」

「えっ」

リュセさんはにぱっと微笑み、あっさりと引き下がる。

……もしかして、ルビーを受け取らせるための策略だったの？

なんてあざとい！

「おい！」

そこで声を上げたのは、チセさんだ。

「リュセばっかずるいぞ!! オレは我慢してたのに！ オレともじゃれろ!!」

「えっ!?」

今日は大人しいと思いきや、我慢していたらしい。そういえば、チセさんのじゃれつきは激しいから、セナさんが釘をさしてくれると言っていた。

だけど、リュセさんがじゃれているのを見て、もう我慢の限界らしい。

「チ、チセさん、落ち着いてくださいっ」

次の瞬間、青い狼に変身し、ズンズンと迫ってくるチセさん。大きな狼さんに、壁へ追いつめられてしまった。その迫力は、すさまじい。街の人達が怖がるのもよくわかるほどだ。ちょっと、足がすくみそう。

「やめなよ、チセ」

セナさんが止めようとするけれど、チセさんは唸《うな》る。ぎらついた目で、私に狙いを定めてきた。

「なんでリュセがよくて、オレは駄目なんだよ!?　あん!?」

言葉と体勢は乱暴だけど、その後のチセさんの行動は意外なほど控えめだった。

青い毛に覆《おお》われた右手を、私の頬に軽く当ててくる。大きな肉球がぷにぷに押し付けられ、私は心の中で悶《もだ》えた。

肉球、ぷにぷに!

チセさんは、控えめにじゃれてくれているのかしら?

とその時――

「ガウッ!!」

低い咆哮《ほうこう》が轟《とどろ》いた。

窓硝子《まどガラス》がビリビリと震え、建物まで揺れたような気がする。

私は小さな悲鳴を漏《も》らして体を強張《こわば》らせ、チセさんもビクリと震えて私から離れた。

彼は狼の耳を両手で押さえ、尻尾も元気なく垂れている。

突然の咆哮《ほうこう》。それは、純黒《じゅんこく》の獅子シゼさんが発したものだ。

「先に帰って休んでいろ、お前ら」

腕を組んだシゼさんは、一言告げる。

「……わかった」

セナさんは頷くと、怒られて泣きべそをかいた大きな狼さん——もといチセさんの首根っこを掴み、引きずっていく。

「ええっ!? オレ、まだじゃれたい!」

「駄目。帰るよ」

リュセさんも、セナさんに首根っこを掴まれた。

自分より背の高い二人を引きずるなんて、すごい。なんだか慣れているようにも見える。

セナさんが、私に目配せをした。意味ありげで、どことなく嬉しそうな様子に、私は首を傾げた。

「ご馳走《ちそう》さま、店長」

セナさんが二人を連れて店を出たあと、私は目配せの意味を理解する。

——ボスと二人きりになるようにセッティングするよ。

セナさんは以前、そう言っていた。そして今、店内には私と大きなライオンさんの二人きり。

鬣《たてがみ》には触りたいけれど、ついさっき咆哮《ほうこう》を飛ばしたばかりのシゼさんに、それを頼む勇気はない。

……今日は、白いもふもふで充分満たされました。

「はいっ」

低い声に呼ばれ、ビクリとしながら返事をする。

「フォンダンショコラ二つと、コーヒー」

「あ、はい。かしこまりました」

一礼してからキッチンに向かい、フォンダンショコラを二つ温めた。それからベリーソースを垂らし、ラズベリーを一つ飾る。

「お待たせしました」

フォンダンショコラ二皿とコーヒーをテーブルに置き、そっと離れようとすると――

シゼさんの右手が、向かい側の席を指し示した。

座れという意味かしら？

躊躇《ためら》いつつも、先ほどまでセナさんが座っていたソファに腰を下ろす。

向かい合って座ると、これまた迫力がある。相も変わらず、立派な黒い鬣《たてがみ》。暗闇の中に浮かぶような、琥珀色《こはくいろ》の瞳。威圧的な空気。

恐るおそる観察していると、シゼさんはケーキのお皿を差し出してきた。

これは、食べていいという意味？　そのために、二つ頼んだのかな？

依然としてシゼさんは黙り込んだまま。ケーキにもコーヒーにも手を付けない。私もなかなか話しかけることができず、沈黙の時間が流れる。

それからしばらくして、シゼさんはようやくコーヒーに手を伸ばした。

先ほどまで湯気の立っていたコーヒーは、少し冷めてしまっていると思う。

シゼさんはコーヒーを一口飲み、小さく頷いた。

その時、私はハッと気付いてしまう。シゼさんはいつもコーヒーを頼むけれど、すぐに飲まず、腕を組んでいることが多い。

もしかして、猫舌？

危うく頬が緩んでしまいそうになった。さっき咆哮《ほうこう》を飛ばした純黒《じゅんこく》の獅子は、猫舌。

ふふ、可愛らしい。

緊張がすっかりほぐれたので、この大きな猫さんとのデザートを楽しもうと決める。

私は「いただきます」と両手を合わせ、ケーキを食べ始めた。

フォークをサクッと差し込めば、しっとりした生地からチョコレートソースがトロリと垂れ落ちる。それを口に運んだ瞬間、濃厚なショコラの味わいが広がった。

ちらりと前を見ると、シゼさんもケーキをパクリと一口。

何か会話をしたほうがいいかしら。それとも、一緒に黙って食べたほうがいいかしら。

それにしても、彼とこんな風にまったりできるのはすごく嬉しい。フォンダンショコラがより美味《おい》しく感じられる。そして、ちょっとラテが欲しくなった。

「ラテを淹《い》れてきます。シゼさんは、フォンダンショコラのおかわりはどうですか？」

大きな獅子は、コクリと頷く。その手がカップを差し出すので、コーヒーもおかわりしたいみたい。

キッチンに戻り、フォンダンショコラのおかわりと飲みものを準備する。

シゼさんは猫舌。だから淹《い》れたてのコーヒーに手をかざし、粉雪の魔法を一瞬だけ発動させた。光の粒のような粉雪が現れて、すぐに溶けていく。

これで、よし。私はトレイを手に、テーブル席へ向かった。

「お待たせしました。コーヒー、少し冷ましたので、すぐ飲めると思います」

「……」

シゼさんの向かいに座り直し、私はラテを飲む。シゼさんはしばしカップを見つめ、こくりと飲んでくれた。

他にお客さんは来ないから、まったりできる。できることならシゼさんのことを知りたいけれど、尋ねてもいいだろうか。セナさんから少し聞いたとはいえ、出会ったばかりの私が過去を聞きたがるのはよくないかもしれない。

そんなことを考えていたら——

ずいっ。

シゼさんの右手がテーブルの上に置かれた。触ってもいいぞと言わんばかりに、ずいっと差し出される。

ふっくらとした純黒《じゅんこく》の手。

ぼんやりしながらそっと撫《な》でると、ふわっとした毛の中に指先が埋まった。

ふわわっ！

シゼさんの毛並みも、すごく滑《なめ》らか。感動を覚えつつ、本当に触ってもいいのか確認しようと顔を上げる。

シゼさんは、黙々とケーキを食べていた。こちらに右手を差し出したまま、こくりと頷く。

あ、もしかして……シゼさんも、じゃれたかったのかしら。

だけど、きっとセナさんから、私が慣れるまでは控えめにと聞いているはず。

だからこそ、チセさんに迫られて戸惑っていた私を助けてくれて、徐々に慣れるように触らせてくれているのかも。

じゃれる——その獣人特有の習性にはまだ慣れないものの、それは彼らが私と仲良くなりたいと思っている証《あかし》。

うん。それなら、大歓迎。……あんまり激しいと困るけれど。

私は、シゼさんの大きな純黒《じゅんこく》の手に、改めて触れた。

まずは、指の間に自分の指を滑《すべ》り込ませる。もふもふ。

親指の付け根から人差し指の付け根を確認し、指先に手を滑《すべ》らせる。なるほど、爪は

こうなっているのね。

指をもふもふしたあとは、掌《てのひら》。純黒《じゅんこく》の毛から覗《のぞ》く、艶《つや》やかな肉球が見えた。

真ん中の大きな肉球に触れてみると、しっとりしていてぷにぷにの感触。口元が緩ん

で、感動してしまう。

その時、ハッと我に返った。

……夢中になりすぎてしまった。

シゼさんに目を向けると、先ほどと変わらずフォンダンショコラを食べている。

にやけた顔は見られていないと思うけれど、気を付けなくちゃ。夢中になりすぎない

ためにも、何か会話をしてみよう。

十三年前、セナさん達を拾って育てたというシゼさん。彼らの中で一番年上だと言っ

ていたけれど、一体いくつなんだろう。

「……あの、シゼさん」

名前を呼ぶと、琥珀色《こはくいろ》の瞳がこちらに向いた。

5　特別な女。＊シゼ＊

星のような小さな光が瞬《またた》く中。

優しげに見つめる彼女に惚れない理由は、どこにもなかった。

初めて会った日。彼女は仮眠を取るオレ達を気遣い、窓のシェードを下ろしてくれた。

彼女は、信頼に値する。他の人間とは違う。そう感じた。

そして翌日。彼女はセナを気遣い、オレの怪我を心配して治癒までしてくれた。オレは、彼女に惚れたのだった。

――そして今。彼女が穏やかな声で俺の名を呼ぶ。

「……あの、シゼさん。獣人傭兵団の中では一番年上だとうかがいましたが、年はいくつなのですか？」

「……二十四」

「お若いですね。あ、私は十六です」

彼女はオレの右手を触りつつ、言葉を続ける。

「セナさんから聞きました。十三年前の話……。シゼさんが子ども達のお世話をして、身を守る術《すべ》を教えたそうですね」

こっちも、セナから彼女に話したと聞いた。

オレは左手でフォンダンショコラをつつく。

「……オレは獣人の母と人間の父の間に生まれた。父はこの国の騎士で、物心ついた頃から鍛《きた》えられた。それを、セナ達にも教えてやったまでのこと」

「……なるほど。もしかして、この街の領主様とお父様は面識が？」

「ああ、親しい仲だ」

ドムスカーザの領主は、名を揚げた騎士として男爵位を授けられた家。男爵は隣国絡みの戦で指揮を執《と》り、父は彼と肩を並べて戦った。

「この街の治安が悪くなり、父は騎士を辞めて、ここを守ろうとしていた」

「あ……それで、傭兵団を？」

コクリと頷く。

父の意志が傭兵団結成の理由の一つ。この最果ての街を、守る理由。

それに、ここは故郷だ。集落で暮らす仲間が再び危険に晒《さら》されないよう、ここで食い止めたいとも思っている。

男爵も同じ気持ちを持っているらしく、オレ達を雇ってくれた。

「……領主様とは、親しいのですか？」

「ああ……たまに、酒を飲む」

そう答えると、彼女は口元を綻《ほころ》ばせた。

「今度、一緒に飲むか？　男爵が出す酒は、美味だぞ」

「あ、いえ、そんな……領主様とお酒を飲むだなんて、おこがましいです。ありがたいお誘いですが、お断りいたします」

彼女はそう言って断る。

この国では十六歳から酒は飲むことができる。彼女に酒の飲み方を教えてやろうと思ったのだが——

「……そうか」

残念だ。

「……あ、チョコレートのカクテルなんてどうですか？　作ってみるので、美味《おい》しくできたら、是非ここで飲みましょう」

……この店で、彼女と酒を飲むのも悪くない。

「今度な」

オレは、頷いてみせる。

「美味《おい》しいものを作れるように練習しますので、少し待ってくださいね」

彼女は優しく微笑む。

オレは、彼女の掌《てのひら》を指ですぅーとなぞった。くすぐったかったのか、彼女はくすくすと笑う。

……口説きたくなるくらい、美しい。

「温かい手ですね」

彼女がぽつりと漏《も》らした。

「……小さい手だ」

オレも同じように漏《も》らす。自分で思っているよりも、ずっと穏やかな声が出た。

綺麗でやわらかく、小さな手。その手は今、オレの黒い手に包まれている。

――彼女はかつて、この手でオレの手を包んでくれた。怪我を負ったあの日。星のような光が瞬《またた》く中、優しげな眼差《まなざ》しを向ける彼女に、オレは惚れた。

ゆっくりと時間をかけて、口説き落としたい。

オレにとって、ローニャは大切な女だ。

しばらく彼女の手の感触を味わい、その後はセナ達が好む酒の話をする。穏やかで優しい時間が過ぎていった。

第5章❖約束。

1　眩暈《めまい》とお姫様抱っこ。

――怯《おび》えることなんてない。

今日初めて触れてきたリュセさんも、乱暴なことはしてこなかった。ズンズン迫ってきたチセさんは、少し怖かったけれど、私を気遣ってくれた。

今だって、純黒《じゅんこく》の大きな手は、優しく私の手を包み込んでいる。

私とシゼさんは、静かにお喋《しゃべ》りをした。セナさん達が好むお酒の話、私が飲んで美味《おい》しかったお酒の話、それによく合うデザートやおつまみの話。

陽が傾いた頃、シゼさんは帰っていった。店を出る前に、ぽふぽふと私の頭を撫《な》でてくれた。

窓から見える夕焼けを見つめながら、リュセさんにもらったルビーを陽にかざす。真っ赤な輝き。磨かれていなくとも、充分美しい。

この原石は、部屋に飾っておこう。

燃えるように赤い、ルビーの原石。

シゼさんもこのルビーのように、情熱を秘めているのかもしれない。多くを語らないけれど、胸の奥に燃えるような炎が宿っている。

シゼさんと二人で話してみて、そう感じた。

それにしても今日は、盛りだくさんな一日だった。リュセさんにも心を開いてもらえて、何より。

白いもふもふと、青いもふもふと、黒いもふもふで満たされた。シゼさんの鬣《たてがみ》は、またそのうち……

「今日は素敵な一日でした」

ほっと息をついて、笑みを漏《も》らす。

こんな時間がもっと過ごせるといいな。心の中でそう願った。

獣人傭兵団が店に通い始めてから、一月《ひとつき》以上が経つ。

もふもふを堪能《たんのう》した日から一週間後。

仕事を終えた私は、セナさんから貸してもらった本に夢中になっていた。

ミルク色のタイルが敷き詰められた、小さな浴室。その中央に置いた白いバスタブで、泡風呂を楽しみながらページをめくる。本は借りものなので、保護の魔法をかけている。

とても面白い推理小説。ページをめくるにつれて、謎が深まっていく。主人公と一緒に謎を解き明かしていく感覚に、すごくわくわくした。

本当は早く最後まで読みたいのだけれど、日中はお店の仕事があるから読むことができない。獣人傭兵団の皆さんなら、私が本を読んでいても許してくれるかも……ただ、接客が疎《おろそ》かになりそうだから、やっぱり駄目。

お店の片付けと夕食を終えて入浴する時が読書タイム。あっという間に時間が過ぎてしまい、気付けばお湯が冷たくなっていた。私はぶるりと身震いする。

しおりを挟んで本を閉じ、バスタブから上がった。そして寝支度を整え、机に向かって日記を開く。

オフホワイトの革のカバーは、紐でとじることができるようになっている。紐の先にはリーフがついていて、セージに似た香りが漂《ただよ》う。他人がほどくと匂いが変わってしまうので、誰かが覗《のぞ》いたらすぐにわかるのだ。

この街に来てから新たに付け始めた日記には、喫茶店のことばかり書いてしまう。なんだか帳簿のようだけれど、最近は獣人さん達のことが多い。

リュセさんはカウンター席が定位置になり、隙あらばじゃれようとしてくる。

チセさんのほうはシゼさんの一喝がきいたらしく、この頃は大人しい。加えて、彼の興味は妖精ロトに移ったみたい。セナさんの偵察をしていた妖精ロトを見つけてからというもの、テーブルの下を覗《のぞ》いては探している。

そんなチセさんは、ロトとの初対面時に、狼の姿でこう言った。

「マスカットみたいで美味《うま》そうだな！」

ロト達は食べられると怯《おび》えてしまい、獣人傭兵団のいる午後は来なくなってしまった。

セナさんは、ロト達の偵察がなくなって残念そう。

一方のシゼさんもロトに興味を示して、「どこの森の妖精だ？」と尋ねてきた。

精霊の森の名を告げると、「美味《うま》い酒はあるか？」なんて言われて、きょとんとしてしまった。わからないと返したら、それっきり。今度、精霊や幻獣に聞いてみようと思う。

これまで書いた日記を読み返しつつ、今日の出来事もしっかり記す。それから日記をリーフの紐でとじ、ベッドに入って眠った。

――翌朝起きると、体が少しだるかった。二度寝したい気分だけれど、開店の準備をしなくちゃ。数日前から開店時間を一時間早めたため、ゆっくりしていられない。お客さん達から、朝食メニューを求める声をもらったのだ。

私は身支度を整えて、欠伸《あくび》を漏《も》らしながら一階に下りる。妖精ロト達を呼び出して、いつものように掃除を任せた。私は朝食メニューの下ごしらえと、ケーキ作りを始める。しばらくすると、店内から騒がしい声が聞こえてきた。

また蜘蛛《くも》が入り込んだのかしら。

キッチンを出てみると、今度は扉の前に蝶《ちょう》がいた。揚羽蝶《あげはちょう》のように黒で縁取られた羽には、橙色《だいだいいろ》から黄色のグラデーションがかかっていて美しい。

ロト達は、この蝶《ちょう》を外に追い出そうとしているみたい。両手を後ろに向けてパタパタさせていた。たまにぴょんっと跳ねて、蝶《ちょう》に息を吹きかける。

パタパタ。フーフー。

その光景は可愛らしいけれど……何をやっているのかしら？

しばし考え込んで、ハッとする。

鳥型の幻獣ラクレインの真似だ。彼は羽ばたき一つで強風を起こす。

ロトは蓮華《れんげ》の妖精だから、風の魔法は使えない。パタパタしても風を起こせないのだが、わかっていないらしく、小さな腕をパタパタし続けていた。若葉色のヒヨコがたくさんいるみたいで、愛らしい。ピヨピヨしている。

ツボに入ってしまい、カウンターに突っ伏《つぷ》して少し悶《もだ》えた。

それから私は店の扉を開けて蝶《ちょう》を誘導し、外に出してあげる。するとロト達はやりきった笑顔になった。

「クシュンッ」

小さなくしゃみが出て、その勢いで扉に額を軽くぶつけてしまう。

ロト達がポカンとした表情で、こちらに注目している。

私は、「大丈夫」と笑って見せた。

いそいそと掃除に戻るロト達は、何度もこちらを振り返る。

どうしたのかな？　首を傾げると、ロト達も首を傾げた。どうやら、ロト達もその行動の理由がわかっていないみたい。

鏡でチェックしてみたけれど、髪型が崩れたわけでも、顔に何かついているわけでもなかった。

何か気になっている様子のロト達に、報酬《ほうしゅう》としてホットケーキを振る舞う。

ロト達を見送ったあとに開店すると、すぐに店は満席になった。朝食メニューはなるべく時間のかからないものを揃えたけれど、やっぱり大変。

カリカリのベーコンやジューシーなウィンナー、ふわふわのスクランブルエッグに、チーズオムレツ。マフィン、ホットケーキ、サンドイッチもある。

忙しさに随分《ずいぶん》慣れてきたと思っていたのだけれど、今日はいつもより大変に感じられた。

やがて十二時前に、お客さんが途切れる。

一息ついていると、すぐに獣人傭兵団がやってきた。

「お嬢ー！　いつものお願いー」

最初にお店に入ってきたのは、リュセさん。打ち解けて以来、扉を開けてベルを鳴らすのは彼の役目だ。

迷わずカウンター席に座り、長い尻尾をゆったりと振る。

シゼさんは、いつもと同じ席。その向かいには、チセさんが座る。どうやらチセさんは、一人でテーブルに着くのが嫌みたい。かわりにセナさんが一人でテーブル席に着く。

いつもの注文を出し終えて、皆が食べているところをカウンターから眺めつつ、ふうっと息を吐いた。

「……お嬢、元気ないな。どうかした？」

「えっ？」

リュセさんの言葉に驚いてしまう。

「そう見えますか？」

「うん。笑顔、いつもより少ないし、声もなんか小さく感じる」

リュセさんはそう指摘すると、ステーキを一切れパクリと食べた。

笑顔の接客ができていないということ？

慌てて、頬に手を当てる。熱い。

「……そういえば、朝起きたら少しだるかったんです。体調を崩してしまったのかもしれません」

「なんだそれ、店長鈍感だな。客に風邪でも移されたのか？」

チセさんがもぐもぐ口を動かしながら、会話に参加した。

鈍感と言われてしまい、私は苦笑を零《こぼ》す。

「普段はあまり体調を崩さないので……。原因は多分、セナさんに借りた本が面白くて長風呂してしまったせいですね」

「えー、セナのせいじゃん。お嬢に謝れよ」

リュセさんが、セナさんを責めるように見る。

「何それ、理不尽」

セナさんは呆れた様子だ。

「そうですよ、セナさんは悪くありません。時間を忘れて長風呂してしまった私が悪いのです」

　そう告げると、リュセさんは隣のカウンター席をぽんぽんと叩いた。

「お嬢、休んだら？　ほら、オレの隣」

　じゃれる気満々なのか、尻尾が楽しそうに揺れている。

「いえ、大丈夫です」

　……今じゃれたら、悪化しそう。熱も上がると思います。

「えー、お嬢つれない」

　リュセさんは、唇を尖らせる。

「ふざけんな、リュセ。お前、じゃれすぎなんだよ。オレだって我慢してんのに！」

　そう噛《か》みついたチセさんに、リュセさんは余裕の笑みで返した。

「またボスに怒られるぜ？」

「うぐっ」

　賑《にぎ》やかになったところで、シゼさんのコーヒーを淹《い》れようと思い立つ。テーブルのカップはそろそろ空《から》になりそうだから、きっとおかわりをお願いされるだろう。

　だけど次の瞬間、クラッときてしまい、カウンターに手をついた。

　……久しぶりの眩暈《めまい》。視界が霞《かす》んで、ゆらゆら揺れる。

前世の最期《さいご》を思い出し、恐怖心が湧いてくる。それが眩暈《めまい》を悪化させたのか、手の力が抜けて、その場にしゃがみ込んでしまう。

「お嬢！　大丈夫っ？」

駆け寄ってきたリュセさんの声に、ビクリと体が震えた。

「ごっ、ごめんなさいっ」

「えっ……なんで謝るんだよ」

「あ……」

リュセさんは、心配そうに私を覗《のぞ》き込んでいる。

……叱る声が聞こえた気がして、つい謝ってしまった。

「じっとしていれば、良くなるので」

「あ、熱い。しっかり熱があるじゃん」

純白の手が額に当てられる。わたあめのようにふわふわしている毛と、ぷにぷにの肉球。肉球が冷たく感じられて、気持ちいい。

「店長、もう休めよ。どうせ客もいないんだろ」

心配そうなチセさんの声。

「あ、はい。皆さんが帰ったら、閉店します」

「僕達に気を遣わなくていいから。今すぐ休みなよ。僕達が片付けて、店を閉めてあげるよ」

セナさんも、私を気遣ってくれた。

「いえいえ、お客様にそんなことをさせられません」

ちゃんと接客しなくてはいけないと、顔を上げれば——目の前が真っ暗になった。

ひどい眩暈《めまい》が起きてしまったのかと思いきや、違ったみたい。大きくて真っ黒なライオンさんに、お姫様抱っこされていた。

「悪化されたら、僕達が困るんだよ。責任持って片付けるから、ちゃんと休んで」

セナさんの言葉に、私は何も答えられない。

真っ黒なライオンさんに抱っこされている。それだけで頭がいっぱいだった。

「お嬢の部屋、入っちゃうなー。二階？　階段はこっちだよな。お邪魔しまぁす」

リュセさんが階段に続く扉を開け、先導する。それに続くようにして、シゼさんも階段を上っていく。

お姫様抱っこは、シュナイダーにもしてもらったことがある。だけど、シュナイダーに抱えられた時より、ずっと緊張している自分がいた。シゼさんがシュナイダーよりがっしりしているからだろうか。それとも、純黒《じゅんこく》の獅子様だから？

熱が上がった気がする。

凛々《りり》しい獅子様の顔が、とてつもなく近い。ぽかんと見上げていたら、琥珀色《こはくいろ》の瞳が私に向けられた。私は思わずサッと顔を伏せる。

「オレ達を信用して、休んでいろ」

彼はそう言い、鼻先で私の額をツンとつつく。

私は両手で顔を覆《おお》い、「はい」と小さく呟いた。

ああ、駄目。クラクラする。体調が悪いせいかしら?

「お嬢、部屋開けるよー」

リュセさんは、部屋の扉をゆっくり開けた。白い尻尾をゆらゆら揺らして、室内を見回している。

「わー、お嬢の匂いするー。なんか、かっわいいなー」

可愛いと思われるような要素なんて、あっただろうか。ベッドと机とソファしかない。シンプルというより、質素な感じだ。

シゼさんはリュセさんに続いて部屋に入り、私をベッドにそっと下ろしてくれた。そのまま無言で部屋をあとにする。

「じゃ、寝てなよー。ローニャお嬢」

続いてリュセさんも、手を振って出ていった。

パタン、と閉じられたドアを見つめる。

ぼんやりしつつ、やっぱりお客様である彼らに片付けを任せてはいけないと、思い直した。

ふらふらしながらドアまで行き、そっと押し開く。

すると、またも真っ暗。

視線を少し上げると、琥珀色《こはくいろ》の瞳とぶつかった。

純黒《じゅんこく》の獅子様が、立ちはだかっている。何も言わないけれど、すごい威圧感。

「や、休んでます……」

ドアを閉じて、大人しくベッドに戻る。そしてエプロンを外し、横になった。

グワングワンと揺れているような感覚がして、気持ち悪い。不安な気持ちが膨《ふく》らんでいく。

深く息を吐いて額を押さえていたら、下の階からかすかに賑《にぎ》やかな声が聞こえてきた。

会話の内容まではわからないけれど、セナさんが指示したり、リュセさんとチセさんが口論したりしている感じが伝わってくる。もちろん、シゼさんの声は聞こえない。

口元をふっと緩ませて、私はゆっくりと目を閉じる。

彼らの存在を身近に感じていれば、安心して休むことができた。

2　無意識の悲しみ。＊セナ＊

ローニャが、体調を崩した日。

かわりに店を軽く掃除したあと、ローニャが目覚めるのを待ってから帰った。

一眠りしたローニャは、それでもひどく辛そうだった。体調を治すため、次の日は休むことにしたという。

この頃、僕達は毎日店を利用している。だからこそ、ローニャには早く快復してほしい。残念だけど、明日は別の場所で昼食だ。

僕達獣人傭兵団は、ドムスカーザの街の外れで一緒に暮らしている。

「セナ。明日、お嬢の看病しろよ」

その日の夕方、居間のチェアに座って本を読んでいたら、リュセにそう言われた。

「……なんで？」

「お嬢が体調崩したのは、セナのせいじゃん」

「理不尽だって」

「お前、今夜は非番だろ。お嬢は一人暮らしだし、お前のせいだし、看病してやれよ」

「……」

ページをめくったけれど、本の内容が頭に入ってこない。

確かに彼女は一人暮らしだから、世話をしてくれる人はいない。不便だろう。

でも、ローニャは街の住人に好かれている。お節介な人が世話を焼きそうだ。

「明日、店長の飯を食えねーのか……だりぃなぁ……」

ソファでうつぶせになっていたチセが、残念そうにぼやく。そしてそのまま、「くかー」とイビキをかいて眠り始めた。

「ねぇ、ボスが看病したらどう？　僕が仕事に行くから」

向かいのソファに横たわっているシゼに振ってみる。昔、子ども達の面倒を見ていたくらいだから、もちろん看病はできる。

しかし、シゼから返事はない。もう眠ってしまったようだ。

「なんだよ、セナ。お嬢の看病、そんなに嫌なのかよ」

「……別に嫌だってわけじゃないよ。もう……わかった。行くから、リュセも仮眠を取りなよ」

クッションを抱えて空いているソファに飛び込んだリュセは、僕をじとっと見てくる。

「……何？」

「病人に手を出すなよな」

「寝なよ、もう」

何を言ってるんだ……

リュセはクッションに顔をすり寄せると、静かに目を閉じた。

それから一時間後。目を覚ましたリュセとチセに、またもうるさく言われた。「看病に行けよ！　絶対な！」と釘をさされつつ、三人を見送る。

――翌朝、僕は本を片手にローニャの店に向かった。

半獣の姿で歩いていたら、見覚えのあるカップを手にした、街の住人が目にとまる。

まったり喫茶店の持ち帰り用カップだ。

「やっぱりローニャちゃんのコーヒーを飲まなきゃ、一日が始まらないな」

そんな声が耳に届く。どうやら、淹《い》れたてのコーヒーらしい。

まさかと思い、足を速めた。だけど予想に反して、ドアには休業日の看板がかけてある。店はちゃんと休みだ。

「あれ……セナさん……おはようございます」

僕がノックする前にドアが開いて、隙間からローニャが顔を出した。

昨日よりも元気がなく、小さな声。

いつもはぱっちり開《ひら》かれている青い目も、眠たそうに細められている。艶《つや》やかな白銀の髪は、普段と違い下ろしてあった。肩には、オフホワイトのタオルケットをかけている。

いつもの「いらっしゃいませ」の笑顔は、当然ない。そのことに、寂《さび》しさを感じた。

「……おはよう」

僕は、やや不機嫌に挨拶《あいさつ》を返す。

店の中から、コーヒーの香りが漂《ただよ》ってくる。彼女からは、いつもの甘い匂いと植物の匂い。

「何してるの、君。休んでないでしょ」

「え？　休んでますよ」

「客にコーヒー淹《い》れてたでしょ」

「あ……お見舞いの品を持ってきてくださった方に、お返しに」

「……まったく」

この娘《こ》は、休むってことの意味をわかっていない気がする。

「君が体調を崩したのは僕のせいだから、看病させて。中に入ってもいい？」

「え？　……ああ、これは私が悪いのです」

「リュセ達が僕を責めるし、君には早く体調を治してほしい。それとも、僕に中に入ってほしくない理由があるの？」

まだ知り合って日が浅いし、異性である僕を家に入れるのは、抵抗があるかもしれない。

でも、友だちにこうして警戒されるのは、気分が悪い。

「そうなんです……」

ローニャが肯定したから、目を見開く。

僕のことは、信用できないってこと？

「……妖精達が看病してくれているので、大丈夫ですよ」

「……ああ……ロト達が来てるの？」

「はい……だから、近所の皆さんも看病を申し出てくれたのですが、お断りしていて」

人見知りの妖精達が看病に来ているから、他の人間は家に入れられない。ただそれだけの理由。

「今、お薬を作ってくれているので、飲んで寝てしまえば、明日には治ると思います」

「……でも小さなロト達には、できないこともあるでしょ。客人は僕が追い返すから、悪化する前に君は休むんだ」

妖精もいるなら、僕も入ってしまおう。いちいち見舞い客にコーヒーを淹《い》れていたら、休んだことにはならない。

妖精にはできなくとも、僕ならできる。むしろ、最適の役割だ。

「……あわわっ」

少し強引に中に入ると、ローニャはか細い声を漏《も》らして慌てた。

「すみません……身なりを整えてなくて」

恥ずかしそうに顔をうつむかせて、髪を押さえ付ける。

……警戒しているというより、単に今の姿を見られたくなかったのかもしれない。少しだけホッとした。

「僕はここで本を読みながら、客をうまくあしらうよ」

「あ、じゃあコーヒーはいかがですか？」

「君は何もせず、ベッドで寝るの」

「……はい」

ローニャは、ようやく自分の部屋に向かう。フラフラして、重い足取り。ちゃんと二階の部屋まで辿り着けるか、不安だ。

「僕が運んであげるよ」

本をテーブルに置き、僕は彼女を抱きかかえた。

下ろした髪のせいか、ふわりと甘い香りが舞う。花の香りだ。

「わっ……セナさん、力持ちですね……」

いつもよりも穏やかな口調で、ローニャはへにゃりと笑みを零《こぼ》す。緩みきっていて、警戒心の欠片《かけら》もない。

僕はローニャとあまり身長が変わらないし、体格がいいわけでもない。だから驚いたみたいだ。

「僕は獣人だからね」

抱えて二階に到着。手が塞《ふさ》がっているから、ローニャに扉を開けてもらって中に入った。

部屋の右にはベッド、左にはブラウンの机とグリーンのソファが並び、開かれた窓から入る風がカーテンを揺らしている。

花の香りに満ちた、小さな部屋。

机の上にいる妖精の香りと、ローニャの香りだ。それと、どこか得体の知れない匂いがするような……

チセがマスカットだとたとえて以来、久しぶりに会った妖精ロト。

薬草らしき植物が並んでいて、すり鉢《ばち》がある。ロトが薬を作っていたようだ。得体の知れない匂いは、これのせいか。

ライトグリーンの妖精ロトは、初めて会った時と同じように、口と目を大きく開けて固まっている。僕の登場に、驚いているらしい。

ローニャをそっとベッドに下ろせば、サイドテーブルの上にもロトがいた。慌てた様子で、飛び下りる。

「……いい加減、僕に慣れてよ」

僕は肩をすくめて、膝をつく。そして床にいるロトと机の上にいるロトに言い聞かせた。

「一緒にローニャの看病をしよう。彼女を元気にしたい気持ちは一緒だ。そうでしょ？」

ロト達は、きょとんとする。

「君達は薬作りに専念して、ローニャが休むように見張ってて。僕は客を追い出したりするから。わかった？」

そう言うと、ロト達が小さな手を額に当てて「あいっ！」と敬礼する。

「ふふ……」

かすかに笑う声が聞こえて、振り返る。ベッドの上に腰かけたローニャが、左手を口元に添えて笑っていた。

「ほら、良い人だってわかってくれました」

穏やかな微笑み。思わず見つめてしまったが、すぐに僕は立ち上がる。

「君は横になって休むの」

「はぁい」

ローニャが横になる手助けをし、薄手の毛布をかけた。その上に、ローニャが肩にかけていたタオルケットもかける。

「ふふ……セナさんは、良いお兄さんですね」

「君にも、お兄さんがいるんだよね？」

何気なく尋ねると、ローニャはぽつりと呟く。

「……はい」

「ふーん。じゃあ、離れていて寂《さび》しいね」

「そんなことありませんっ」

ローニャは、青ざめて首を横に振る。

妙な反応を疑問に思いながら、僕は彼女の髪に手を伸ばす。勢いよく首を振った拍子に、彼女の髪が乱れてしまった。僕はその髪を手で梳《す》いて整える。

ローニャの髪は、とても滑《なめ》らかだ。触り心地が良くて、つい必要以上に触ってしまった。

「あ、ごめん……」

ローニャが見上げていることに気付き、手を離す。

「乱れてましたか？」

「少しね。……ブラシで整えていい？」

「あ、いいですよ」

あっさり許可が出た。

僕がブラシを探していると、ロトが三人がかりで運んできてくれた。それを受け取り、ベッドに腰かけてローニャの髪を梳《と》く。

艶《つや》やかな水色をまとう白銀の髪。緩やかに波打つそれをブラシで整えていくと、さらにに滑《なめ》らかになった。

いつの間にかロト達もやってきて、ローニャの肩に乗り、髪に頬擦りしている。「ふわわぁ」と甲高い声を漏《も》らしているところを見ると、妖精にとっても触り心地が良いみたいだ。

「そういえば、この間シゼと二人きりになった時、鬣《たてがみ》は触らせてもらえたの？」

「いいえ」

「え？　じゃれなかったの？」

「じゃれましたが……手だけ」

まだ鬣《たてがみ》にじゃれていなかったのか。触りたがっていたのだから、シゼに言えばよかったのに。……いや、おそらくシゼが気を遣ったのだろう。あの日、ローニャはリュセとチセのじゃれつきに戸惑っていたから。

「シゼさんも優しい人ですね……」

ローニャが、ぽつりと呟く。

「……そうだね」

微笑んだ横顔を見つめながら、静かに相槌《あいづち》を返す。

「シゼさんのお父様は人間で、騎士だそうですね」

あれ。シゼは、そのことをもうローニャに話したのか。

「家名を聞きそびれました。もしかしたら、私も知っているかもしれません」

「……僕は知らないんだ。僕達獣人は、人間のように家名は持たないから。シゼも使ったことがない。僕達にとっては、獣人の姿が家名のようなものだね。姿は親から継ぐものだから」

「あ……じゃあ、シゼさんのお母様も黒い獅子なんですね」

ローニャはふわりと微笑む。

「きっと、美しい人だったんでしょうね」

……ローニャも、騎士の家系に生まれたのだろうか。

お父様やお母様という呼び方にも引っかかる。シゼの父親の家名を聞けばわかるかもしれないというくらいだから、家格の高い家に生まれた可能性が高い。

その時、机の上にいたロトがブンブンと両手を振り回し、僕達を呼んだ。薬が完成したらしい。

丸められた薬草からは、苦々しい匂いがツンと漂《ただよ》う。けれど、ロトが大きな白い花びらにそれを包むと、匂いがしなくなった。

僕は硝子《ガラス》のポットとカップを一階から持ってきて、ローニャに薬を飲ませた。あとは、眠るだけだ。

「妖精の薬は、とても効くのだそうです」

「初めて飲むの？」

「私がこんなにも体調を崩したのは、幼い頃に一回きりだったので」

限界だったのか、ローニャはすぐに眠ってしまう。少し寝苦しそうだから、濡《ぬ》らしたタオルで軽く額を拭《ぬぐ》ってやった。

片付けをしているロト達は、とても愛らしいが少々騒がしい。静かにするよう、「しー」と人差し指を口に当てる。するとロト達も真似をして、「しー」と口に手を当てた。

ふと机を見ると、僕が貸した推理小説と一冊のノートが目にとまった。何気なく、小説を手に取る。お風呂で読んでいたと聞いたけれど、汚れてはいなかった。魔力の気配がするから、保護の魔法でも使ったのだろう。

隣にあるノートも手に取ろうとして、巻き付いた紐に気付く。確かこのリーフは、触れた者の匂いに反応して、匂いを変える植物だ。

他人に触られたことがわかるようにしているということは……日記か何かだろうか。どんなことが書かれているのか気になる。この日記を読めば、彼女の素性もわかるかもしれない。

だけど、他人の日記を勝手に読む趣味はない。

そろそろ、一階に下りよう。ローニャの看病はロト達に任せて、僕は一階で本を読むことにした。何かあれば、僕を呼ぶだろう。

もう一度ローニャの顔を拭《ふ》いてやり、濡《ぬ》らしたタオルをサイドテーブルに置いておいた。

そして部屋を出ようとした時、ローニャの左手が何かを探すように宙をかいた。

水を欲しがっているのだろうか。あるいは熱が上がり苦しいのだろうか。

ベッドに近付き体温を確認しようとすると、ローニャは僕の手を掴んだ。閉じられている目から、ポロポロと涙が零《こぼ》れ落ちる。

「……シュナイダー……」

彼女は、か細い声で誰かの名を呼んだ。頬を伝う涙は、止まりそうにない。

ロト達は、涙を浮かべてローニャに駆け寄ろうとする。

「……誰？」

ベッドに上がろうとしていたロトに、声を潜《ひそ》めて尋ねる。

つぶらな瞳に涙を溜めたロトは、ぷっくりと頬を膨《ふく》らませた。それからブンブンと顔を振る。どうやら怒っているようだ。

そのロトを掌《てのひら》に乗せて、ベッドに運んでやる。すると、すぐにローニャに寄り添った。

妖精が怒るほどの人物……ということか。シュナイダー。たぶん男の名前だ。

そういえば、ローニャは失恋したと言っていた。その相手の名前だろうか。

体調を崩したことで、抑え込んでいた悲しみも溢《あふ》れ出してしまったのかもしれない。

失恋したという割に、ローニャは憂《うれ》いた様子を一切見せなかった。前向きにこの街での生活を始めたようだが、胸の奥底では苦しんでいたに違いない。

「……」

その男がローニャに何をしたのか。本当のところはわからないが、怒りが湧いてきてしまった。僕達や妖精、街の住人達――皆に好かれている、心優しいローニャ。そんな彼女を泣かせるような男だ。

早く忘れてしまえばいい。彼女の笑顔を奪うような男のことなんて。

ローニャの頭を、そっと撫《な》でる。あやすように、悲しみを拭《ぬぐ》うように。

守りたいと思う。まったり過ごしたいと願うローニャが、ここにいる限り。

万が一、その男がまたローニャを傷付けようとするなら、僕は容赦しない。いや、僕達が容赦しない。このことを話せばシゼ達だって、同じく怒りを抱くだろうから。

ロト達はローニャにぴったりと寄り添ったまま、眠りに落ちていった。

僕もローニャの涙が止まるまで、そばにいることにする。

悲しみは、すべて出してしまったほうがいい。そうすれば、目が覚めた時、きっといつものように微笑むことができるだろうから。

3　幼い約束。

小さい頃、一度だけ体調を崩して倒れてしまったことがある。

それは、とても遠く感じられる記憶。

シュナイダーと婚約し、私の護衛兼お世話係のラーモが辞めた直後のことだ。

責任感の強いラーモは、ガヴィーゼラ家での仕事を完璧にこなそうとするあまり、いつも緊張している様子だった。ただ心根はとても優しくて、さまざまなお稽古《けいこ》で息をつく暇もない私のことをよく気遣ってくれていた。たとえばお稽古《けいこ》とお稽古《けいこ》の間の時間。馬車の中で少しだけ眠らせてくれたり、お茶を淹《い》れてくれたり。

ラーモが辞めたあとは、そんなささやかな休息時間もなくなってしまい、私はついに熱を出してしまったのだ。

「なんてだらしない子なの⁉　自分の体調も管理できないなんて‼」

寝室の向こうから、母の声が聞こえてくる。

……母の言う通り、だらしない子どもだ。前世でも、自分の限界に気が付かず命を落としてしまい、今世でも同じように倒れてしまった。

熱にうなされながら、涙を流す。その時、私はただ泣くことしかできなかった。

やがて眠りに落ち、深く深く闇に沈んだ。

けれど頬を撫《な》でる優しい指先の感触に、ふと目を覚ます。

そこには、シュナイダーの姿があった。彼はベッドに腰かけて、私の涙を拭《ぬぐ》ってくれている。どうしてここにいるのか、理解できなかった。

「オレは君の婚約者だ。そばにいる権利がある」

どうやらシュナイダーは、周囲の反対を押し切って私の看病をしてくれたらしい。

その優しさに、私は再び涙を流した。そして慌てるシュナイダーの手を握りしめ、さまざまなことを話した。前世の記憶があることまでは言えなかったけれど、ガヴィーゼラ家にいることが辛いと、正直に吐き出したのだ。

シュナイダーは私の家族に対して激しく怒り、こう約束してくれた。

「結婚したら、絶対にこんな風には泣かせない。オレの家族になるんだ。オレが君を守る……ローニャ」

それからの数年間、シュナイダーと一緒に過ごした時間は、温かに穏やかに過ぎていった。

政略結婚の相手としてではなく、ちゃんと愛し合うために、私を見ようとしてくれたシュナイダー。彼は私のことを気遣い、守ると約束してくれた。

シュナイダーに愛してもらえる未来を想像すれば、窮屈《きゅうくつ》でせわしない貴族生活にも耐えられた。彼のおかげで、ローニャ・ガヴィーゼラとして生きてこられた。

だけど、すべては終わってしまった。私は彼の手を離し、彼も私の手を離したのだ。

本当に彼を愛していたなら、全力で運命に抗《あらが》うべきだった。だけど私には、一人で戦う自信がなかった。だから、運命には勝てないのだと簡単に諦めてしまった。

……私は、運命に抗《あらが》わなかったことに後悔しているのかもしれない。だから今、こんなにも胸が苦しくて、悲しいのかもしれない。

あの約束は、私にとって希望だった。かけがえのない希望だった。

学園をあとにした時、シュナイダーともガヴィーゼラ家とも決別したつもりだった。

だけど、心のどこかに後悔が残っていて、前に進めていなかった。

もう大丈夫。私には、ちゃんと自分一人で歩いていく力がある。

ありがとう。シュナイダー。そして、本当にさようなら。

降り続ける雨のように、涙が流れる。

やがて、その涙は涸《か》れた。

いつしか晴れ間が覗《のぞ》いて、草原が目の前に広がる。心地良い風に乗り、草原の上を滑《すべ》るように駆ける。森の香りがする。お陽様を浴びた緑の香り。

――その夢は、私をとても穏やかな気持ちにしてくれた。

瞼《まぶた》を上げると、目の前に草原のようなふわふわがあった。とっても触り心地の良いそれを引き寄せて、すりすりと頬擦りする。滑《なめ》らかで、優しい森の香りがして、またすぐに眠りに落ちそうになる。

　再び目を閉じたところで、ふと気付いた。

　こんなにもふもふのタオル、部屋にあっただろうか。覚えがない。タオルにしては、ボリュームがありすぎる。指を動かして確かめてみると、ぷにぷにした何かを見つけた。弾力があって、しっとりしている。なんだろう。どこかで触った覚えがある。

　自分の目で確かめようと、瞼《まぶた》を上げた。……私が握っていたのは、緑色のもふもふの手。犬によく似た大きな手だ。手首から視線を上げていくと、やがて深緑色の瞳にぶつかる。シュッとした輪郭《りんかく》、ピンと立った大きな耳。

　彼は私をじっと見つめていた。

　そこでようやく覚醒した私は、バッと起き上がり、彼の手を離す。

　目の前にいるのはセナさんで、このもふもふはセナさんの手。寝ぼけて頬擦りしてしまった！

　私の上にはロト達が乗っていたらしく、「わわわー」という小さな悲鳴とともに、ベッドに転がった。ロト達が起き上がる手伝いをしながら、セナさんに寝ぼけていたことを謝る。

「ご、ごめんなさい！　へ、変身されたんですね」

来た時には半獣の姿を取っていたけれど、いつ変身したんだろう。

「別にいいよ。来客もなかったから、変身してロト達とじゃれてたんだ」

セナさんは、立ち上がって背伸びをした。もふもふの大きな尻尾も、ピンと立つ。そこにロト三人が引っついて喜んでいる。

ふふ、可愛い。

私が寝ている間、セナさんは付きっきりだったみたい。すっかりお世話になってしまった。

「……体調、良くなった？」

「あ、はい。おかげさまで」

ロト達の薬とセナさんの看病のおかげで、すごくすっきりしている。

ベッドの上のロトにも感謝の笑みを向ける。

セナさんは、ロト達の頭を尻尾で撫《な》でた。大きなもふもふに、ロト達は頬を赤らめながら喜ぶ。……羨《うらや》ましい。

「なんの夢を見てたの？」

セナさんが、私をじっと見下ろした。

夢？　そういえば、長い夢を見ていた気がする。でも、もう忘れてしまった。

「忘れてしまいました……もしかして私、寝言を言っていましたか？」

慌てて尋ねると、セナさんは小さく笑う。

「忘れたのなら、いいよ」

セナさんは、私の額にもふもふの手を当ててきた。「熱はないね」と確かめ、軽く撫《な》でてくれる。……もふもふ。

「お腹、空いてきたでしょう？　午後も過ぎたし」

「もうそんな時間ですか……なら、何か作りますね」

「何言ってるの。病み上がりなんだから、またぶり返すよ？」

「大丈夫ですよ、完治しました」

「絶対に駄目。見舞いの品に、スープがあったよね、それを温めて持ってくるから、一階に下りてきちゃ駄目。見張ってて」

大丈夫なのに、セナさんは許可してくれない。頼まれたロト達は「あいっ！」と敬礼し、私にしがみついた。

「本当に、ありがとうございます。セナさん」

「いいよ、気にしないで」

セナさんに何から何まで頼ってしまい、申し訳ない。

背伸びをして、深く息を吐く。体のだるさがなくなって、とても清々《すがすが》しい気分だ。本当は少し動きたいけれど、大人しくしていよう。

私はベッドに入り、体を横たえる。

ロト達は、セナさんの言いつけを守り、私を見張っている。小さな体で私の胸元によじ上り、寝そべって頬杖をついた。小さな足をプラプラさせて、リラックスした様子。つぶらな瞳で見つめられ、私は思わず微笑んだ。

セナさんやロト達にはもちろん、精霊の森の皆にもお礼を言わなくちゃ。私が風邪を引いたと聞いて、薬の材料を調達してきてくれたのだ。

それからセナさんと一緒にスープを飲み、静かに過ごす。

セナさんとロトには、おやつにマシュマロを食べてもらった。美味《おい》しいと気に入ってもらえたみたい。ベッドの上で読書もできて、まったりした時間を過ごせた。

翌朝、窓から射し込んだ朝陽で目が覚める。気持ち良く起き上がり、朝の支度を済ませた。

開店準備も手際よく終えて、まったり喫茶店を開店。

いつも通り来てくれたお客さんは、皆心配してくれた。大丈夫だと笑って、急なお休みに謝罪する。

「店長さんが元気になって、ケーキも食べられて、嬉しー！」

そう言って笑うのは、いつもお洒落《しゃれ》な格好をしている、黄緑色の髪の少女。彼女の名前は、セリーナさんというみたい。最近、やっと名前を聞けたのだ。

「あ、でも獣人傭兵団の一人がお店に入っていったって聞いたよ。大丈夫だったんですかー？」

ちょっと心配そうに尋ねてくるセリーナさん。

すると、カウンターに座っていた三人組の一人――サリーさんが食いついた。

「白い髪のかっこいい人に看病してもらったの？」

「いいえ、緑の髪のセナさんに看病してもらいました」

「やだ、店長ったら不用心！　弱ってる時に異性を家に入れちゃって、襲われなかったの？」

ケイティーさんの言葉に、私は苦笑を零《こぼ》した。

「兄のように優しい方なんですよ」

セナさんも、看病やお世話にはとても慣れた様子だった。

「えー、私が男だったら、目の前で寝てる店長さんにチューしちゃう！」

「無防備の美女を見たら、何かしちゃうものでしょー?」

「獣人は人間よりも、手が早そうだしね」

三人は、相変わらずな様子でかしましい。ちょっと笑みが引きつりそう。

本当に優しく看病してもらったと伝えて、その話は終わった。

やがて彼女達は帰っていき、お客さんの足が途切れる。

時刻は十二時ちょっと前。今のうちにランチを済ませようと、カウンター席に着く。

そしてサンドイッチを食べ終えて片付けていたら、カランカランと扉のベルが鳴った。

獣人傭兵団の皆さんが来たみたい。

だけど、扉に目を向けると誰もいなかった。まだ外にいるのかしら?

もしかしたら、店に入る前に外でじゃれているのかもしれない。

私は、小走りで扉に向かった。そしてそっと扉を開く。

ご迷惑をおかけしました、おかげさまで治りました——そう、笑顔で出迎えようとして……

銃口を向けられた。

4　まったり。

私に銃口を向けているのは、この前来た傭兵達。出入り禁止にした彼らだ。

「おっと、魔法を使うなよ。撃つぞ」

銃の引き金に指をかけ、一人が言う。

「口を開くな、手を上げろ」

彼らは、私の動きを警戒しているらしい。

「妙な真似をしたら。撃つからな」

「……」

魔法を使う素振りを見せたら、発砲されてしまう。私は大人しく手を上げた。

「へへっ。小娘が生意気なんだよ」

「ちょっと魔法が使えるからって、逆らうんじゃねぇ」

……本当は、ちょっとどころではないのだけれど。

「おい、それよりこの店、入れねぇぜ」

店には、魔法の結界を張っている。私が出入り禁止にした者は、どうやっても店には入れないようになる。

「窓を割って入れ！」

銃を持った傭兵が叫ぶ。

パリンと窓硝子《まどガラス》が割られて、店内に破片が散らばった。私はビクリと体を震わせ、悲鳴を呑み込む。

「おい、入れねぇぜ⁉」

出禁なのだから、窓を割っても店には入れない。

「一発撃ち込めよ」

「そうだ、それで入れるかもしれねぇ」

その会話に、背筋が凍りつく。そんなことをしても、入れないのに……。

大事なお店の窓硝子《まどガラス》を割られただけじゃなく、銃まで撃ち込まれるなんて、許せない。

だけど、今動いて彼らを刺激するのは得策ではないと思う。隙を見つけなければ。

「どうなんだ、ねーちゃん？　銃を撃ち込めば入れるのか？」

銃を持った傭兵が問いかけてくる。私は小さく首を振った。

「くそ、魔法か？　だったら解除しろ！　さもなきゃ撃つ」

彼は銃口を私の足元に向けて、安全装置を外した。答えなければ、足を撃つ気でいるのだろう。

私はどうするか考えた。一度結界を解除し、中に招き入れてから反撃のチャンスをうかがうか。それとも今、一か八かの勝負に出るか。

ゴクリと息を呑む。

銃口をこちらに向ける傭兵が、痺《しび》れを切らして何かを言いかけた。

その時——

地を這《は》うような咆哮《ほうこう》が響き、私はビクリと震えた。

傭兵達は、ハッと後ろを向く。

「てめぇら!!」

その唸《うな》り声の主は、リュセさん。

「よくも荒らしやがったな!?」

これは、チセさんの声。

「ひい！」

獣人の姿を見た傭兵達は、一斉に青ざめた。やがて銃を持っていた一人が悲鳴を漏《も》らし、引き金を引いてしまう。

パァン！

発砲音に、私は凍りついた。いくら丈夫な獣人でも、撃たれてしまったら、ただでは済まない。

「み、皆さんっ！」

慌てて飛び出そうとした。

だけど目の前に純黒《じゅんこく》の獅子が現れて、銃を持つ傭兵を軽々と放り投げる。地面に転がった銃は、シゼさんの手によって粉々に握り潰された。

「シゼさん！」

怪我がないか、もふもふの手を取って確かめる。シゼさんに怪我はないようだ。じゃあ、他の皆さんは？

セナさん、リュセさん、チセさんに目を向けると、三人は傭兵達を睨《にら》んでいた。あっという間に勝負がついたようで、四人の傭兵達は地面に倒れている。

ガタガタ震えていた傭兵達は、なんとか立ち上がり、もつれる足で逃げていった。

「二度とこの街に来るんじゃねぇ‼」

「ぶっ殺すぞ‼」

リュセさんとチセさんが吠える。

「け、怪我はありませんか？　撃たれていませんかっ⁉」

私が尋ねると、リュセさん達はキョトンとした。それから三人揃って噴き出す。

「当たってねーよ、お嬢」

「そうそう、ビビったヤローの弾なんざ当たんねーっての」

リュセさんとチセさんがお腹を抱えて笑う中、セナさんが問いかけてくる。

「誰も怪我してないよ。君のほうこそ怪我はないの？」

「私のほうも無傷です。良かった……」

私は胸を撫《な》で下ろした。

「良くねーよ！」

そう言ったのは、チセさん。尻尾を激しく振りながら、壊れた窓を指差す。

「お嬢の店を壊しやがって！　あ、弁償代取るの忘れた‼」

するとリュセさんが毛を逆立てて、長い尻尾をピーンと立てた。それから傭兵さん達が逃げたほうを睨《にら》み付ける。

「あ、大丈夫ですよ。魔法で直せます」

私は店の中に戻り、ラオーラリングを嵌《は》める。そしてパンと手を叩き、魔力の流れを意識して腕を広げる。すると店内に散らばった硝子《ガラス》の破片がふわりと浮かび上がり、窓に吸い込まれていく。やがて窓は、元通りに直った。

パッと後ろを振り返ると、すぐそばにいたシゼさんと目が合う。

「……」

彼は琥珀色《こはくいろ》の瞳で店内をすみずみまで見わたしたあと、私の頭の上にポンと手を置く。

それから、いつもの席に座った。

「へぇ……直った」

「すんげー」

「さっすがお嬢ー！」

セナさん、チセさん、リュセさんも、窓をまじまじ眺めながら席に着く。

リュセさんはカウンターテーブル、チセさんはシゼさんの向かい側。そしてセナさんは珍しく、カウンター席に向かった。リュセさんとは、一つ席を空けて座る。

「お嬢、元気になったー？」

「はい。おかげさまで治りました。ご迷惑おかけしてすみませんでした」

私はカウンター横に立ち、皆さんに向かって一礼する。

リュセさんが腕を広げて抱きつこうとしてきたので、サッと身を引いた。

「腹減ったから、すぐ食わせてくれよ！　店長のメシじゃなきゃ、食った気になんねーよ！」

　チセさんが嬉しい言葉で私を急《せ》かす。

　ふふ、私の料理をご所望。なんだかくすぐったい。

　そんなチセさんを、リュセさんとセナさんが小突いた。

「お嬢を急《せ》かすな」と注意するリュセさん。どうやら私を気遣ってくれているらしい。

「どうぞ座ってください。すぐ用意できますから」

　それから私は、皆さんが頼んだ料理を作って、手際よく配膳する。

「元通りだな、店長」

　ステーキにかぶりついたチセさんは、満足そうにニカッと笑いかけてくる。

「お嬢、ここ座って」

「へ？」

　リュセさんはステーキを頬張りながら、右隣の席を尻尾で叩く。その席のさらに右隣には、セナさんが座っている。どうやら、二人の間の席に誘っているみたい。

「僕達に遠慮せず、読書しなよ」

　セナさんは、サンドイッチを手にして言う。

　躊躇《ちゅうちょ》していたら、リュセさんの白い尻尾が体に巻き付き、椅子に引き寄せられた。そのまま二人の間の席に座らされてしまう。

「お嬢も一緒にまったりしようぜ」

上機嫌に尻尾を揺らしながら、リュセさんは食事を続ける。

テーブル席のシゼさんもチセさんも、異論はないらしい。

お言葉に甘えて、まったりさせてもらうことにした。

嬉しい気遣いに口元を緩ませつつ、一度二階へ上がって、セナさんに借りている小説を取ってくる。

そして再びカウンター席に腰を下ろすと、リュセさんの尻尾が、ぽふんと膝の上に乗った。構ってと言わんばかりに、フリフリと動く。リュセさんは、結局じゃれることが目的だったみたい。白いもふもふを触りたいところだけれど、食事中に触るのはどうかと思う。

私は膝の上の尻尾を気にしつつも、本のページをめくり始める。すると、反対側からもぽふんと大きな尻尾が乗ってきた。セナさんの尻尾だ。

……両手に、もふもふ。

もう。もふもふしながら、まったり読書はできません！

顔を上げると、リュセさんとセナさんがにっこり笑っている。

テーブル席では、賑《にぎ》やかに食事をするチセさんと、黙々と肉を口に運ぶシゼさん。

ここは、まったり喫茶店。幸せな時間、豊かな時間を送ることができる場所。

お店を手伝ってくれるのは、可愛い妖精達。お店を支えてくれるのは、温かくて賑《にぎ》やかなお客さん達と、優しくて素敵な獣人さん達。

明日もあさっても、その先も——ここは、皆がまったりできるお店。

今日は二人のもふもふに邪魔されて、まったり読書ができなさそうだけど……これまでで一番、至福の時だった。

書き下ろし番外編

令嬢と精霊の森

精霊オリフェドートは、緑を司《つかさど》る精霊。彼なしでは世界が砂漠化してしまうといわれるほど偉大な精霊だ。

そんなオリフェドートの森に棲《す》む妖精。蓮華《れんげ》の妖精ロト。

二頭身の小さな身体は、頭が蓮華《れんげ》の蕾《つぼみ》のようで、マスカットのようにぷっくりした胴体に摘まんで伸ばしたような手足が生えている。愛くるしい掌《てのひら》サイズの妖精だ。肌はライトグリーン。つぶらな瞳はペリドット。

そんなロト達は、世界各地にある蓮華《れんげ》畑を世話する仕事をしている。

彼らは、非常に人見知りである。

人間を見かければ隠れてしまう。精霊の森に訪れることのできる人間は、ほとんどいないも同然だからだ。

そんな妖精のもとを訪ねてくるようになった人間がいる。

精霊オリフェドートと魔法契約を求めたローニャだ。

すでにオリフェドートと契約していた学園の先輩の紹介でも、人間、特に貴族の人間を信用しないと精霊オリフェドートは息巻いていた。

精霊オリフェドートは、人間嫌いだ。

人間嫌いの原因は、その学園の貴族の生徒が立て続けに契約破棄をしたからだ。

よって、貴族令嬢であるローニャにも、警戒心を剥《む》き出しにしていた。

「精霊に初めてお会いするのですが、とても神々《こうごう》しくて美しいですね」

先輩に連れられたローニャは褒めたが、オリフェドートはただの世辞だと突っぱねたような態度をとる。

しかし、ローニャがお菓子を差し出すと態度が変わった。

「手作りのお菓子です。お嫌いではないといいのですが……よかったらどうぞ、食べてください」

オリフェドートは、驚愕《きょうがく》した。

まさか貴族令嬢が、お菓子を手作りして持ってくるとは、完全に予想を裏切られた。

ローニャは伯爵家の者だからと高圧的な態度はせず、穏やかに微笑み、そして魔法契約をお願いした。

真心が込められた手作りお菓子を口にして、オリフェドートは早速折れかけたが、騙《だま》されまいと必死になった。ローニャはまた明日も来ると言い、帰っていった。貴族が時間を割いてまでまた訪ねてくると聞き、ますます折れそうになったオリフェドート。

一方、貴重な精霊の森に入れたローニャは、せっかくだからと少し散策をした。

本音を言うと、一目見て、気に入ってしまったのだ。

清らかでいて、そして静かで美しい精霊の森を――

陽射しで煌《きら》めく木の葉はペリドットとエメラルドの宝石のような光を放ち、そよ風に靡《なび》く。そんな森にはさまざまな妖精がいた。ローニャはどんなに小さな妖精にも、そして大きな妖精にも、礼儀正しくお辞儀をする。幼い頃から叩き込まれた躾《しつけ》の賜物《たまもの》だ。

中には、幻獣もいた。

しかし、その幻獣もまた精霊オリフェドートを超えるほどの人間嫌い、いや貴族嫌いだったのだ。ローニャの先輩も、ローニャも歓迎はされなかった。嫌悪を垣間見せる冷めた目を向けられる。小鳥の羽ばたきの音とともに羽根をまきちらして、幻獣ラクレインは姿を消した。

それから、蓮華《れんげ》畑のロト達を見つけた。

「あら、可愛らしい妖精さん」

しゃがみ込み、首を傾げて微笑むローニャを見て、ロト達は慌てふためき隠れた。

そばにいたローニャの先輩は、人見知りなのだと教えてくれる。

ロト達は、一瞬見たローニャの微笑みをもう一度見たくなり、蓮華《れんげ》の茎から顔を出してみた。

ローニャは優しげな微笑みを浮かべて、興味津々に見つめていたが、笑みを深める。

ロト達は、また顔を隠す。しかし、ぷっくりした胴体は、はみ出たまま。隠れているとは、言いがたい。

それでも隠れているつもりなのだろう。

ローニャは、笑ってしまった。

「驚かせてしまったら、ごめんなさい。私はローニャって言います。これ、あまりだけれど、よかったら食べてくれませんか？」

柔和な口調で、ローニャが差し出したのは、甘い香りが漂《ただよ》うお菓子だった。

匂いにつられて、一人のロトがテクテクと近付く。

しかし、他のロト達が慌てて止めて、蓮華《れんげ》の下に隠れてしまった。

「じゃあ、ここに置いておきますね」

笑みのまま見つめていたが、ローニャはハンカチに包んだそれをロトのそばに置く。そして、帰っていった。

姿が見えなくなると周囲をキョロキョロと確認して、ロト達はハンカチの上のお菓子に「わーっ！」と群がる。

蓮華《れんげ》の妖精ロトは、甘いものが大好きだった。熟した果物を食べることが、ロト達の楽しみだ。

甘い匂いを漂《ただよ》わせるクッキーは間違いなく美味《おい》しい食べ物だと、ロト達にはわかっていた。

目を輝かせて、よだれを零《こぼ》しそうな口を開いて、クッキーにかぶり付く。サクッと弾《はじ》けた生地。砂糖の甘さが広がっていく。ロト達は「あいあい」と大喜びして、二口目にかぶり付いた。

一人だけ。ローニャが帰っていたほうを見つめて、静かに食べていた。

翌日。ローニャは、オリフェドートにまた契約を頼みに来た。

カゴいっぱいのお菓子を持って。

口にしてみれば、美味《おい》しい。オリフェドートは、素直に感想を漏《も》らす。

「お菓子作りが趣味なのです。コーヒーに合うものを作る程度の腕ですが……美味《おい》しいと言ってもらえて、とても嬉しいです」

謙遜《けんそん》しつつも、喜びの笑みを見せるローニャなら、契約してもいいと思ってしまったオリフェドートは、なんとかツンとした態度を貫く。

「また明日も訪ねさせていただきますね」

そのローニャの言葉に、オリフェドートはつい「伯爵令嬢のくせに、暇なのか？」と問う。

ローニャは、苦笑を零《こぼ》す。

「それなりに忙しいですけれど……オリフェドート様ほどの精霊様と契約してもらうためです。これくらい当然だと思っております」

オリフェドートに対して、敬意を示す言葉。紛《まぎ》れもなくローニャの本心からの言葉だ。

オリフェドートは、それに感動した。

帰る前にまたローニャは、妖精ロトが棲《す》まう蓮華《れんげ》畑に足を向ける。妖精ロト達にお菓子を持っていき、スカートを折って膝をついた。

「昨日も来たローニャです。今日はチョコ入りのマフィンを持ってきたのだけれど、どうですか？　あ、昨日のクッキーは食べてくれましたか？」

こぞってロト達は隠れたが、ローニャは優しく声をかける。

ロト達が顔を出すと、そこには優しげな笑みがあった。

おずおずと躊躇《ちゅうちょ》しながら、妖精ロトの数人が綺麗にたたんだハンカチを、ローニャの前に置く。しかし、すぐにピューと蓮華《れんげ》の下に戻る。

「あら？　これは昨日の？　綺麗にしてくれたのですか？　まぁ……魔法が得意な妖精さんだったのですね。どうもありがとうございます」

ただたたまれただけではない。清浄の魔法がかけられている。そう気付いたローニャは、微笑んでお礼を伝えた。

人間に初めてお礼を言われたロト達は、落ちてしまいそうなほど膨《ふく》れた頬を赤らめる。たまらず、一人のロトがローニャに駆け寄った。

小さな手を必死に振り回して、「あうあい！」とか細い声を上げる。

「……ごめんなさい」

ローニャは申し訳なさそうに謝った。

「何を言っているか、わからないわ。人の言葉はしゃべれない妖精さんなのね」

ローニャに通じないことを知ると、そのロトはガーンという効果音が鳴りそうなほどショックの表情をする。そして、ガクリと頭を下げた。

落ち込んでしまったようだ。そんな一挙一動が可愛らしい。

ローニャは笑ってしまう口元をそっと掌《てのひら》で隠した。

「んー……昨日のお礼ですか？　それなら、どういたしまして」

答えを推理してローニャは、にこっと微笑んだ。

ロトは、昨日のお礼を伝えたかったようだ。

そして、クッキーが美味《おい》しかったことを。初めて食べたことを。

いろいろと話したかったが、ほっこりと温かさを感じて、口をキュッと結んだ。ローニャの笑顔を見ただけで、すべて伝わったような満足感を覚えたのだった。


翌日も、ローニャはロト達のもとを訪れる。

「ロトの皆さん、聞いてください。精霊オリフェドート様と契約を結んでもらえました！」

そう嬉々《きき》として報告した。

オリフェドートは認めたのだ。

ローニャは信用できる人間だ、と。

ロト達は、ぱぁっと目を輝かせると「あーいっ！」と万歳をして祝福をする。中には、ぴょんぴょんと飛び跳ねるロトが何人かいた。

「ありがとう」

祝福にお礼を言うと、ローニャは袋を取り出す。

「今日はマシュマロを持ってきたの。口に合いそうだと思って。でもまだ作り方を知らなくて、王都で人気なお菓子屋さんで買ったの。ふふ、でもレシピを教えてもらったわ」

開封した袋から香るそれを嗅《か》ぎ取ると、ロト達は一瞬フリーズした。まろやかに香る甘さに、よだれを垂らしそうな表情をする。

ローニャは袋から取り出したマシュマロを一つ、掌《てのひら》に載せて差し出した。

できることなら触れたくて、チャレンジしてみたのだ。

迷うことなく、一人のロトが乗る。昨日ローニャと話をしたロトだ。

「わぁ……」

マシュマロと同じ感触に、思わずローニャは声を零《こぼ》す。

容易《たやす》く壊れてしまいそうなそのロトを、もう片方の手も添えて慎重に扱う。

ローニャに心を開いたロトは、安心してマシュマロにかじり付いた。ふわっとした甘さに、身震いして喜んだ。

やがて他のロト達もマシュマロを堪能《たんのう》したいと、ローニャのドレスをよじ登り始めた。

ロトは、ローニャの肩に乗せてもらう。

こうして、妖精ロトとローニャは親しくなったのだ。

RC
Regina COMICS
令嬢はまったりをご所望。
1
原作 三月べに
漫画 梶山ミカ
アルファポリスWebサイトにて
好評連載中!
令嬢はまったりをご所望。
1
三月べに
梶山ミカ
悪役令嬢を卒業してカフェはじめました。
待望のコミカライズ!
過労により命を落とし、とある小説の世界に悪役令嬢として転生してしまったローニャ。彼女は自分が婚約破棄され、表舞台から追放される運命にあることを知っている。
だけど、今世でこそ、平和にゆっくり過ごしたい!
そう願ったローニャは、小説通り追放されたあと、ロトと呼ばれるちび妖精達の力を借りて田舎街に喫茶店をオープン。すると個性的な獣人達が次々やってきて——?
B6判・定価:本体680円+税　ISBN:978-4-434-26756-7
大好評発売中!
アルファポリス 漫画　検索

雪兎ざっく
Eランクの薬師 1
落ちこぼれ薬師の処方薬は超チート!?
最弱薬師のほのぼのファンタジー!
特別書き下ろし番外編収録!
レジーナ文庫

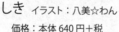

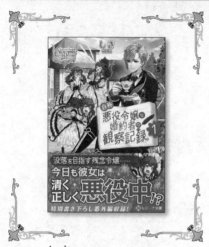

RC
Regina COMICS
自称 悪役令嬢な婚約者の観察記録。
1~2
大好評発売中!!!!!
原作 = しき
漫画 = 蓮見ナツメ
Presented by Shiki & Natsume Hasumi
アルファポリスWebサイトにて
好評連載中!!
＼異色のラブ(?)ファンタジー／
待望のコミカライズ!
優秀すぎて人生イージーモードな王太子セシル。そんなある日、侯爵令嬢バーティアと婚約したところ、突然、おかしなことを言われてしまう。
「セシル殿下!私は悪役令嬢ですの!!」
……バーティア曰《いわ》く、彼女には前世の記憶があり、ここは『乙女ゲーム』の世界で、彼女はセシルとヒロインの仲を引き裂く『悪役令嬢』なのだという。立派な悪役になって婚約破棄されることを目標に突っ走るバーティアは、退屈なセシルの日々に次々と騒動を巻き起こし始めて――?
恋のキューピッドは悪役令嬢の私にお任せください!
アルファポリス 漫画
検索
B6判 / 各定価:本体680円+税

RC
Regina COMICS
大好評発売中!!
メイドから母になりました
1〜5
原作 Seiya Yuzuki 夕月星夜
漫画 Asuka Tsukimoto 月本飛鳥
アルファポリスWebサイトにて
好評連載中!
メイドから母になりました 5
転生して凄腕メイドになった元女子高生。
眠り姫を助けに、一家で精霊の森へ!
シリーズ累計14万部突破!! 子育てファンタジーコミカライズ!
シリーズ累計14万部突破！
子育てファンタジー
待望のコミカライズ!
異世界に転生した、元女子高生のリリー。
ときどき前世を思い出したりもするけれど、
今はあちこちの家に派遣される
メイドとして活躍している。
そんなある日、王宮魔法使いのレオナールから
突然の依頼が舞い込んだ。
なんでも、彼の義娘《むすめ》・ジルの
「母親役」になってほしいという内容で――?
アルファポリス 漫画
検索
B6判・各定価:本体680円+税

RC
Regina COMICS
大好評発売中！
原作
榎木ユウ
Yu Enoki
漫画
上原誠
Makoto Uehara
訳あり魔導士は静かに暮らしたい 1
アルファポリスWebサイトにて
好評連載中!
待望のコミカライズ！
男にしか魔法が使えない世界でなぜか女なのに魔法を使えるエーコ。それは異常だからと隠してきたのに、ある日、周囲にバレそうになってしまう！　すると事情を知る従弟から、彼の代わりに魔法省で魔導士として働くことを提案される。男としてなら少しは平穏に暮らせるかも……そう考えたエーコは、性別を偽って魔導士になることを決意。だけど魔法省は超個性的な仲間とトラブルだらけの職場で!?
男にしか魔法が使えない世界で
私に魔力があることは絶対に秘密——
アルファポリス 漫画
検索
B6判／定価：本体680円＋税
ISBN:978-4-434-26198-5

本書は、2018年4月当社より単行本として刊行されたものに書き下ろしを加えて文庫化したものです。


この作品に対する皆様のご意見・ご感想をお待ちしております。

おハガキ・お手紙は以下の宛先にお送りください。

【宛先】

〒150-6005 東京都渋谷区恵比寿4-20-3 恵比寿ガーデンプレイスタワー5F
（株）アルファポリス　書籍感想係

メールフォームでのご意見・ご感想は右のＱＲコードから、
あるいは以下のワードで検索をかけてください。

アルファポリス　書籍の感想　検索

ご感想はこちらから

RB

レジーナ文庫

令嬢《れいじょう》はまったりをご所望《しょもう》。1

三月《みつき》べに

2020年1月20日初版発行

文庫編集－斧木悠子・宮田可南子
編集長－太田鉄平
発行者－梶本雄介
発行所－株式会社アルファポリス
〒150-6005 東京都渋谷区恵比寿4-20-3 恵比寿ガーデンプレイスタワー5階
TEL 03-6277-1601（営業）　03-6277-1602（編集）
URL https://www.alphapolis.co.jp/
発売元－株式会社星雲社
〒112-0005 東京都文京区水道1-3-30
TEL 03-3868-3275
装丁・本文イラスト－RAHWIA
装丁デザイン－AFTERGLOW
（レーベルフォーマットデザイン－ansyyqdesign）
印刷－株式会社暁印刷

価格はカバーに表示されてあります。

落丁乱丁の場合はアルファポリスまでご連絡ください。

送料は小社負担でお取り替えします。


ISBN978-4-434-26728-4 C0193